Himmelseher · Mord nach Missbrauch

W0340689

Volker Himmelseher

Mord nach Missbrauch

Teneriffa-Krimi

Zech Verlag

Bibliografische Information:
Die Deutsche Nationalbibliothek verzeichnet diese Publikation in der Deutschen Nationalbibliografie; detaillierte bibliografische Daten sind im Internet abrufbar über http://dnb.dnb.de.

Mord nach Missbrauch. Teneriffa-Krimi
Alle Rechte vorbehalten · *All rights reserved*

Copyright © 2012
Verlag Verena Zech, Santa Úrsula, Teneriffa
www.zech-verlag.com · Tel./Fax: (+34) 922 302596
Text: Volker Himmelseher
Umschlag: Karin Tauer, unter Verwendung eines Fotos von Verena Zech
Druck: Gráficas La Paz
Dep. legal: J-1076-2012

ISBN 978-84-938151-3-4
Printed in Spain

Teneriffa, du hast einen Januskopf:
im Norden einen grünen Schopf,
im Süden eine trockene Haut,
fast alles auf Fels und Sand gebaut.
Hier liegen Wolken und Schauer
nur kurz, doch täglich auf Lauer.
Dort wünscht man sich, dass der Himmel weint,
wenn immer und immer die Sonne scheint.

1

Jordi Serrat wurde als erstes Kind einer armen Landarbeiterfamilie geboren. In Gesellschaft hungriger Läuse, deren Leiber binnen Minuten tiefrot vom gierig aufgesogenen Blut ihrer menschlichen Wirtsleute anschwollen, wuchs er auf. Perlen der Armut nannte man die Leiber der Läuse.

Dem Priester des Dorfes fiel der junge Serrat als besonders gescheites Kind auf. Deshalb vermittelte der Geistliche dem Knaben ein Stipendium an einer katholischen Schule.

Fernab von seinen Eltern wurde der Junge vom sechsten Lebensjahr an in Barcelona erzogen. Sein Klassenlehrer, der Priester Alfonso García Talavera, wurde schnell zum Albtraum des jungen Knabenlebens. Die gesamte Schulzeit hindurch quälte und missbrauchte der Geistliche seinen Schüler. Der Name des Priesters und dessen Misshandlungen blieben Jordi Serrat für immer ins Gedächtnis eingebrannt.

Angst, Respekt, aber auch eine Spur von Bewunderung überlagerten mit der Zeit diese schrecklichen Erinnerungen. Jordis Ausbildung war trotz aller Torturen weitgefächert und profund und ermöglichte es ihm schließlich, selbst Lehrer zu werden. Trotz der tiefen Verletzungen seiner Psyche wurde aus dem gequälten Schüler aus eigenem Antrieb kein quälender Lehrer.

Als Jordi Serrat mit zunehmendem beruflichem Erfolg endlich im Stande war, eine Familie zu ernähren, suchte er die Bekanntschaft von Frauen. Er wollte heiraten und Kinder haben. Zarte Bande der Zweisamkeit entwickelten sich trotz aller Versuche jedoch nie für längere Zeit. Seine schrecklichen Erlebnisse aus der Schulzeit standen dem entgegen.

Sein Stolz verbot es ihm, über die Anomalien, die er in jener Zeit erlebt hatte, mit einer Frau zu sprechen und sie sich endlich von der Seele zu reden. Und sein Schweigen darüber führte zu Sprachlosigkeit gegenüber dem anderen Geschlecht und verhinderte, wie eine unsichtbare Mauer, das Aufkommen jeglicher Zärtlichkeit.

Serrats Schweigen, gepaart mit der Unfähigkeit zu normaler körperlicher Liebe, zerstörte rasch alle eingegangenen Bindungen.

Seine Hilflosigkeit und Wut darüber wuchsen von Tag zu Tag. Was sollte er nur tun? Er wollte doch nur wie die anderen Männer sein. Er wollte die schreckliche Vergangenheit verdrängen, aber es funktionierte einfach nicht! Bald befürchtete er, dass die Zukunft für ihn schon vorbei wäre. Seine Seele hatte zu sehr Schaden genommen!

Jordi Serrat probierte beharrlich, beinahe trotzig, verschiedenste Prozesse der Selbstfindung, trank Alkohol und nahm LSD. Alle Versuche, die Vergangenheit zu bewältigen, erwiesen sich als ungeeignet, ihm dauerhaft zu helfen. Auch die Dienste von Therapeuten nahm er bereitwillig an. Er versuchte es mit Verhaltens-, Gestalt- sowie Klangtherapien.

Schließlich folgte er dem Rat eines Psychologen, sich von Barcelona, dem Ort seiner frühen Leiden, abzuwenden. Der Therapeut versprach ihm mit dem Leben auf einer fernen Insel Heilwirkung für seine kranke Seele. Auf dessen Zuraten schrieb er auch täglich alle seine Gedanken in ein Tagebuch. Auf diese Weise sollte er sich von ihnen befreien. Er tat alles, wie ihm geraten.

Jordi Serrat wohnte nun schon seit mehr als zehn Jahren auf der Kanareninsel Teneriffa, auf der sein Onkel, der Bruder seiner Mutter, bis zu seinem Tode ebenfalls sein Zuhause gehabt hatte. Dessen verwandtschaftliche Nähe war ihm für den Neubeginn eine Hilfe gewesen, auch wenn er ihn nur selten besucht hatte.

Jordi Serrat lebte unauffällig, still und bescheiden und schrieb sich in seinem Tagebuch den Kummer von der Seele. Als Lehrer einer Privatschule in Teneriffas Hauptstadt Santa Cruz fiel er weder positiv noch negativ auf. Die Tatsache, dass er nirgendwo aneckte, machte ihn unerwartet zum Kandidaten für die Nachfolge des aus Altersgründen scheidenden Schuldirektors.

Das Angebot des Schulaufsichtsrats und die Befürwortung des Kollegiums schmeichelten ihm. Er wollte jedoch vor seiner Entscheidung sicher sein, dass er seine schlimme Vergangenheit genügend im Griff hatte, um diese verantwortungsvolle Aufgabe wirklich übernehmen zu können.

Die Furcht, noch zu sehr unter dem bösen Einfluss seines ehemaligen Lehrers zu stehen, war ihm trotz aller Therapien geblieben. Seine Narben lagen nicht auf der Haut, und er war sich nicht sicher, wie sich seine inneren Wunden mit der Zeit entwickelt hatten.

»Ich bin schwach und labil«, dachte er oft am Rande der Verzweiflung. »Ich nehme in Krisensituationen eben doch noch die Farbe der Flüssigkeit an, in die man mich als Knabe so böse getaucht hat!«

Deshalb nahm er sich vor, seine Standfestigkeit zu prüfen, indem er sich mit seiner Vergangenheit nochmals hart konfrontierte. Er hoffte, damit das Angstgefühl zu überwinden, es könnte noch irgendwo in ihm eine Zeitbombe ticken.

An diesem Abend wurde in der Universität von La Laguna eine Podiumsdiskussion zum Thema »Misshandlung und Missbrauch in der katholischen Kirche« durchgeführt. Jordi Serrat hatte beschlossen, diese Veranstaltung aufzusuchen.

Er wollte erspüren, ob er eine offene Konfrontation mit diesem für ihn so schicksalhaften Thema ertragen konnte. Nur, wenn ihm das möglich war, wollte er sich um den Posten des Schulleiters bewerben.

2

In der Tageszeitung El Día wurde seit Tagen fast nur noch über Katastrophen aus aller Welt geschrieben. An vorderster Stelle stand das Erdbeben auf Haiti, es folgte das in der Türkei. Bombenanschläge in Afghanistan und Pakistan sowie Proteste der Palästinenser gegen den erneuten Siedlungsbau der Israelis komplettierten diese bedrückenden Meldungen.

Trotz dieser desolaten Situation überall in der Welt bereitete sich Teneriffa, wie jedes Jahr, auf den Karneval vor. Es wurde nur noch mit halbem Herzen gearbeitet. Stattdessen wurden bis spät in die Nacht Kostüme genäht, Dekorationen gefertigt und Festwagen gebaut. Wie jedes Jahr gelang es aufs Neue, nicht nur die Einheimischen, sondern auch die Residenten und Urlauber für die unzähligen Veranstaltungen zu begeistern. Alle Menschen fieberten den närrischen Tagen entgegen.

3

Teniente Ramón Martín hatte wie Jordi Serrat diesen Abend verplant. Er wollte die Karnevalszeit nutzen, um sich bei Frau Doktor Teresa Zafón von seiner besten Seite zu zeigen. Die *Tinerfeños* wussten Feste zu feiern, und er war schließlich ein echter Insulaner! Auf den Karnevalsfestivitäten, bei ausgelassener Stimmung und mit der Möglichkeit, seinen Charme aufblitzen zu lassen, wollte er endlich das Herz der schönen Kriminalpsychologin erobern.

Der Inspektor konnte sich nicht damit abfinden, dass ihre Verbindung nur in Freundschaft verharrte. Schließlich war er ein leidenschaftlicher Mann, und seine Gefühle für Teresa saßen tief, auch wenn die attraktive Frau das immer wieder gerne herunterspielte. Der Tod seiner geliebten Frau lag nun schon so lange zurück, dass er sich nach einer ernsthaften Bindung sehnte. Die närrischen Tage erschienen Ramón Martín bestens geeignet, die begehrte Frau zu umwerben.

Die *Tinerfeños* mit ihren Kostümen und in heiterer Stimmung würden Teresa auch mancherlei Anlass für Beobachtungen und Analysen bieten, die sie so sehr liebte und suchte. Es wäre der Psychologin deshalb auch schwer gefallen, Ramóns Einladung abzulehnen.

Für den Abend hatte er Karten für die *Gala de la Elección de la Reina Infantil*, der Wahl der Kinderkönigin, besorgt. Diese Veranstaltung lag früh in der Saison und war eine der wenigen, in denen Kinder auftraten. Dass Ramón Martín sie ausgesucht hatte, sollte Teresa Zafón zeigen, wie sehr er Kinder mochte. »Ein Wink mit dem Zaunpfahl«, schmunzelte er vor sich hin, als er sich seine Beweggründe in Erinnerung rief.

Die Feier fand in der großen Halle des *Centro International de Ferias y Congresos* in Santa Cruz statt. Ramón Martín kannte den Ablauf des Abends. Er war seit Jahren bekennender Karnevalist und hatte Erfahrung mit den Programmen. Fleißige Hände würden den Mädchen prächtige Kostüme nähen und sie herrlich drapieren. Die Eltern würden voller Ehrgeiz und mit hohen Erwartungen hinter ihren herausgeputzten Sprösslingen stehen.

Um die ernste Angelegenheit der Königinnenwahl etwas aufzulockern, waren für das Rahmenprogramm Musikstücke und Tänze eingeübt worden. Für Stimmung und gute Laune war also gesorgt. Nur die glückliche kleine Kandidatin, bei der am Tag der Entscheidung alles auf den Punkt klappte, hatte die Chance, die Krone zu gewinnen. Das war der Traum aller teilnehmenden Mädchen und der sehnlichste Wunsch aller Eltern, besonders der Mütter.

Die Endausscheidung begann gegen 17 Uhr. Vorher wollte Ramón mit Teresa noch eine Kleinigkeit essen gehen. Er hatte für 14 Uhr im Hotel Mencey einen Tisch reserviert.

Das schöne altrosa Hotelgebäude umschloss eine herrliche Gartenanlage. Sein Restaurant war bekannt für besonders gute Küche und frische Produkte aus dem Atlantik. Ramón wollte Teresa mit Austern verwöhnen. »Die liebt sie mehr als mich«, hatte er bei der Auswahl wehmütig gedacht.

Das Hotel lag in bester Stadtlage nicht weit von den Gebäuden der Stadtverwaltung entfernt. In der Nähe lag auch ein wunderschöner Park, nach dessen Durchqueren man auf die Calle Pilar und direkt auf die Geschäftsstraßen der Hauptstadt gelangte. Der Name Mencey war kanarischen Ursprungs. *Mencey* hieß in der Sprache der Ureinwohner der Insel »König«, und so war das Haus auch von herrschaftlicher Ausstattung.

Seine Arbeit verlief zurzeit wenig spektakulär, und es war kein Problem, das Büro einmal früher zu verlassen. Sonst würde der immense Berg seiner Überstunden auch nicht kleiner werden! Ramón Martín hoffte, dass es die nächsten zwei Wochen so entspannt bleiben würde. Dann konnte er mit Teresa noch die eine oder andere Veranstaltung besuchen. Er hatte viel mit ihr vor.

Karneval galt als Zeit der Liebenden. Neun Monate später wurden die meisten Kinder im Jahr geboren, und etwas früher häuften sich die Hochzeiten! Warum sollte das nicht auch bei ihnen klappen?!

Teresa Zafón hatte seine Einladung gern angenommen. Der erste Schritt war also erfolgreich getan, und Martín war nicht bange vor dem nächsten. Gut gelaunt summte er ein Evergreen der Karnevalstage vor sich hin: »*Sueño es realidad*«, Traum ist Wirklichkeit. Dann harrte er ungeduldig der Dinge, die da kommen würden. Die Zeit bis zu ihrem Treffen verging ihm viel zu langsam.

4

Jordi Serrat wohnte an der befahrenen Rambla in Santa Cruz, die durch einen mit Bäumen bepflanzten Streifen in der Mitte der Fahrbahnen grün und schattig war. Besonders günstig für den Lehrer war die öffentliche Verkehrsanbindung. Von der nahe gelegenen Haltestelle Plaza de La Paz, die eine Straßenbahnlinie anfuhr, konnte er bis nach La Laguna gelangen. Er nutzte diese Möglichkeit oft und gern, schon wegen der Parkplatzprobleme in der Innenstadt. Auch die vielen Staus auf den ewig verstopften Straßen konnte er damit vermeiden. Er liebte es stressfrei und bequem.

Seine Wohnung war für eine einzelne Person angenehm und großzügig bemessen. Zwei seiner drei Zimmer, darunter auch das Arbeitszimmer, lagen nach hinten. Hier war es erträglich ruhig. Das nach vorne gelegene Zimmer dagegen befriedigte seine Neugier, er genoss es, von hier aus an dem Gewusel auf der belebten Straße teilzunehmen.

Serrat saß an seinem Schreibtisch und korrigierte Klassenarbeiten. Es sollten für die nächste Zeit die letzten sein, denn die Karnevalsferien standen bevor. Sein Zimmer war von der Klimaanlage angenehm herabgekühlt. Er hasste Hitze, und draußen herrschten heute immerhin 27 Grad.

Um das Rauschen der Anlage zu übertönen, hatte er seine HiFi-Anlage etwas lauter gestellt als sonst. Mozarts Klavierkonzert No 13 in C-Dur K 415, virtuos gespielt von Murray Perahia, füllte den Raum. Jordi Serrat liebte diese Sony-Classics-Einspielung sehr, denn sie beruhigte ihn. Bei ihren Klängen hatte er konzentriert und ungestört gearbeitet. Der Stapel der fertig korrigierten Hefte war immer größer geworden. Nur drei Arbeiten waren jetzt noch zu überprüfen. Nach der Durchsicht von zwei dieser Testaufgaben endete die CD. Jordi Serrat beschloss, keine weitere aufzulegen. Die verbleibende Zeit war zu kurz dafür.

Die plötzliche Stille lenkte ihn ab, und seine Gedanken schweiften bereits zu der abendlichen Podiumsdiskussion, die er besuchen wollte. Die letzte Korrektur ging ihm deshalb nicht mehr so flott von der Hand.

Das Thema Missbrauch in der katholischen Kirche wühlte schon jetzt sein Innerstes auf. Er war zu sehr persönlich vorbelastet, um bei diesem Thema ruhig zu bleiben.

Als er mit dem letzten Heft fertig war, fragte er sich schuldbewusst, ob er, abgelenkt durch die eingetretene Stille und so unkonzentriert, wie er gewesen war, die Arbeit wirklich genauso gründlich korrigiert hatte wie die anderen zuvor. Er bezweifelte das ein wenig, ließ es aber dabei bewenden.

Serrat sah auf seine Armbanduhr. Er hatte noch Zeit genug, um sich frisch zu machen und umzukleiden. Er stand auf und ging nach vorne ans Fenster des Wohnzimmers. Der Verkehr staute sich auf allen vier Fahrbahnen der Rambla, und so beschloss er, mit der *Tranvía*-Straßenbahn zu der Abendveranstaltung nach La Laguna zu fahren.

5

Es war warm und schön auf der Insel. Teneriffas Hauptstadt Santa Cruz, an die Brise des Atlantiks gewöhnt, atmete allerdings bei 27 Grad etwas langsamer als sonst.

Ramón Martín und Teresa Zafón hatten das Hotel Mencey erreicht. Sie nahmen einen Drink inmitten der schönen Gartenanlage direkt am Swimmingpool, dann gingen sie gemächlich in das schönere der beiden Restaurants, das wie die gediegenen Konferenzräume im Erdgeschoss lag. Für die erlesene Qualität seiner Speisen sprachen die vielen Politiker und arrivierten Geschäftsleute, die hier täglich dinierten.

»Wir können uns auf eine kulinarische Überraschung freuen«, meinte Ramón gut gelaunt.

»Man sagt dem Küchenchef nach, dass er schon als 11-Jähriger jede freie Minute in der Küche seiner Klosterschule verbracht hat, die von Salesianer Mönchen geführt wurde. Er gilt als Meister seines Fachs und hat sein Wissen in den besten Häusern Portugals, Deutschlands und Frankreichs verfeinert.«

»Das hört sich ja sehr verführerisch an«, antwortete ihm Teresa und man konnte ihre Vorfreude aus ihrer Gestik erkennen.

Sie betraten den hellen Raum. Stuck an den Wänden in Form von dorischen Säulen und eingelassene Bögen mit fächerförmigen Muscheln im oberen Rundbogen sorgten für eine klassische Atmosphäre. In den Nischen standen weiße Büsten antiker Helden. Weitere geometrische Figuren waren um die Bögen friesartig in die Wand eingelassen und in taubenblauer Farbe abgesetzt. Die Tische waren rund, weiß eingedeckt, die gepolsterten Sesselrücken griffen mit taubenblauen Streifen die Farben der Wände auf und unterstrichen wie die kaskadenförmigen Kristallüster mit eingestickten kleinen Krönchen die herrschaftliche Atmosphäre des Speiseraums.

Teresa und Ramón wollte beide nur ein leichtes Menü zu sich nehmen, und so beriet sie der nette Oberkellner auch. Teresa nahm, wie von Ramón vorausgesehen, eine kalte Austernsuppe vorweg. »Sechs entbartete Austern schwimmen zusammen mit gekochten, enthäuteten Würfeln von Kirschtomaten in geeistem Fischsud, der großzügig mit Champagner aufgeschüttet ist«, hatte ihr der Kellner detailverliebt vorgeschwärmt und auch nicht die frischen Basilikumblätter als Zugabe vergessen. Ramón Martín gab einem gekühlten Schaum aus Kartoffeln und Manchegokäse den Vorzug. Einig zeigten sich die beiden beim Hauptgang: Sie freuten sich zusammen auf Sankt-Peters-Fisch mit gegrillten Auberginen an Safran-Fumet und Wildreis gelegt.

Das gut aussehende Paar hatte sich aus gegebenem Anlass in Schale geworfen. Teresa Zafón schmückte ein luftiges buntes Seidenkleid, das schon auf den farbenfrohen Karnevalsabend einstimmte. Teniente Ramón Martín trug ein leichtes Baumwoll-Sakko in Marineblau mit goldenen

Kapitänsknöpfen an den Ärmeln. Dazu passten die helle Hose, die farblich angeglichenen Strümpfe und die Mokassins aus hellem, superweichem Leder vortrefflich. Er hatte zu dem klassisch weißen Hemd eine gewagte bunte Krawatte gewählt und damit ebenfalls dem Karneval die notwendige Referenz erwiesen.

Ramón war begeistert von Teresas modischem Outfit und ließ sie das auch wortreich wissen. »Die Konkurrenz ist groß«, relativierte die Psychologin seine Schmeicheleien in der für sie typischen Art, freute sich aber über das Kompliment.

Das gute Essen beanspruchte alle ihre Sinne. Die Hitze bremste mehr und mehr ihre Redelust. Gegen ihren Vorsatz nahmen sie auf Anraten des Obers zum Abschluss doch noch, allerdings gemeinsam, ein Stückchen Kastanienkuchen zur obligatorischen Tasse Kaffee. Die im Teig verarbeitete, geriebene Orangenschale nahm dem braunen Kastanienmehl etwas die Süße, und der saftige Teig mit einem Schlag eiskalter Sahne an der Seite mundete ihnen trefflich. Sie ließen sich Zeit, die vielen schönen Eindrücke, die sie umgaben, richtig zu genießen, und machten sich erst auf den Weg zum Messegelände, als es wirklich Zeit dafür wurde.

Am blauen Himmel segelten mehrere Möwen mit ausgebreiteten Flügeln hoch oben auf der Luftströmung. Ihr raues Kreischen drang trotz der Entfernung deutlich bis an ihre Ohren. Es war, als sprächen die weißen Vögel zu ihnen, denn alles schien sich in ihrer aufgekratzten Stimmung um sie zu drehen.

Das *Centro International de Ferias y Congresos* lag in der Calle de la Constitución, die senkrecht von der

Avenida de la Constitución abging und etwa einen halben Kilometer oberhalb des berühmten weißen *Auditorio de Tenerife* lag, in dem oft gute Konzerte geboten wurden.

Das Messegebäude hatte einen großen, ungeteilten Innenraum, der nicht nur Messen Platz bot, sondern auch sonstigen Festlichkeiten den richtigen Rahmen gab. Die großzügigen hohen Fensterfronten aus Glas ließen das Tageslicht hinein und machten für viele Stunden des Tages eine Beleuchtung der Halle entbehrlich.

An diesem frühen Abend jedoch strahlte es bereits einladend hell von innen nach außen. Teresa und Ramón hatten Sitzplätze in der dritten Reihe, genau in der Mitte vor der Tribüne. Die Rückwand und das Podium des Festsaales waren mit glänzenden Folien golden, silbern, türkis, blau und rosa dekoriert. Die blitzartig aufscheinenden Lichtspots sorgten für eine dynamische Untermalung der nun folgenden Auftritte. Das Programmheft verkündete, dass für die Königin und ihre sechs Ehrendamen 26 Kandidatinnen zur Wahl standen.

»Das wird ja Stunden dauern«, freute sich Teresa und wippte erwartungsfroh im Takt der lauten Live-Musik.

»Ich schätze, mit der Ansage, den unzähligen Musikgruppen, der Wahl selbst und der Siegerehrung zum guten Schluss werden wir über drei Stunden Stimmung erleben«, strahlte Ramón sie erwartungsfroh an.

Zunächst spielte die Gruppe Chic & Chic, dann wurde die erste junge Dame vorgestellt, so ging es Mädchen für Mädchen weiter. Dazwischen hörten die Besucher begeistert die fetzigen Melodien von Lenguas Largas, Triqui-Traquitos, Azahar, Loli Pérez, Marcha del Sur und vielen anderen Gruppen. Die Schlussakkorde der Künstler ertranken immer wieder in tosendem Applaus. Bald hatten beide jeweils eine feste Favoritin für die Königinnenwürde gefunden. Die schöne Psychologin entschied sich für die lachende blonde Lorena de Armas. Das Motto »*Todas para Una y Una para Todas*«, Alles für Eine und Eine für Alle, gefiel ihr genauso gut wie die Gruppe Los Joroperos, die Lorenas Patenschaft übernommen hatte.

Der Teniente favorisierte die zierliche Nayara Baute mit ihren braunen Schillerlocken und dem beigen Seidenkleid mit farbigen Rüschen. Die Kleine hatte ein bezauberndes Lächeln und ihr Motto »*En el jardín de mis sueños*«, im Garten meiner Träume, passte gut zu ihren verträumten Augen.

»So ein süßes Mädchen könnte ich mir auch als Kind vorstellen«, meinte er schwärmerisch.

»Nanu? Machos wünschen sich doch immer zuerst einen Sohn. Bist du kein echter spanischer Mann, mein Lieber?«, neckte ihn seine schöne Begleiterin.

»Es ist wirklich zum Mäusemelken«, dachte Martín betrübt. »Diese Frau sucht immer wieder einen Dämpfer.«

Teresa Zafón hatte für sich das Thema aber noch nicht abgeschlossen: »Ich mag im Übrigen an Kinder gar nicht mehr denken. Meine biologische Uhr tickt schon ziemlich am Limit.«

Ramón Martín wollte das so nicht stehen lassen: »Was sagst du da? Selbst Mütter mit Vierzig sind heute keine Seltenheit mehr!«

Yamara García unter der Patenschaft der Gruppe Bahia Bahitiare mit dem passenden Motto »*Un minuto para la gloria*« ging mit den meisten Stimmen als Siegerin hervor.

Sie hatte reizende dicke Zöpfe und ein wahrhaft königliches Lächeln in ihrem kleinen Gesicht. Teresa und Ramón mussten sich damit zufrieden geben, dass ihre beiden Auserwählten nur unter die sechs Ehrendamen kamen.

Aufgedreht, aber auch müde fuhr das Paar bald darauf nach Puerto de la Cruz zurück. Vor ihrer Haustür gestattete Teresa dem verliebten Ramón zum Dank für den schönen Abend einen flüchtigen Kuss.

6

Als Jordi Serrat vor die Tür trat, schloss er für einen Moment die Augen vor dem grellen Sonnenlicht. Sofort war die Kühle seiner Wohnung vergessen. Die feuchtwarme Luft der Straße umfing ihn genauso unangenehm wie der Lärm und Gestank der Autoschlangen.

Unter Serrats Armen wuchsen schnell zwei dunkle Schweißflecken zu Tellergröße an. Rasch zog er sein Leinensakko aus und hing es am rechten Zeigefinger über die Schulter. Er ging nicht sofort zur Straßenbahnhaltestelle, sondern trat zunächst vor den Zeitungskiosk.

Jordi las mit Bedacht die Überschriften der Tagespresse. In den Zeitschriften wurde hauptsächlich über die bevorstehenden Karnevalsereignisse berichtet. Teneriffas große Vorliebe verdrängte den Rest der Weltnachrichten. Wichtige Meldungen schien es aber wohl auch nicht zu geben, und so machte sich Jordi gemächlich auf den Weg zur Haltestelle.

Ein erneuter Blick auf die Armbanduhr sagte ihm, dass er für den kurzen Weg noch über zehn Minuten Zeit hatte. An der Haltestelle angekommen, musste er mit etwa einem Dutzend weiterer Personen noch fünf Minuten in der brütenden Hitze auf die Ankunft der *Tranvía* warten.

Der Triebwagen der Bahn sah futuristisch aus, wie er so auf die Haltestelle zufuhr. Die Bahn war schneller als die vielen Autos, die sich im zähflüssigen Stau nur träge fortbewegen konnten. In der riesigen gläsernen Frontscheibe der Zugmaschine brachen sich die Sonnenstrahlen so stark, dass man das Innere des Wagens nicht erkennen konnte, nicht einmal den Fahrer hinter dem Steuerknüppel. Die petrolgrüne Verkleidung der Außenwände reflektierte die Strahlen der Sonne von ihrer blanken Oberfläche und traf den vorbeifahrenden Verkehr und die Fußgänger wie Laserstrahlen.

Das Abteil, in das Jordi Serrat einstieg, war geräumig und gut ausgestattet. Leider war es nicht gekühlt, und so schwitzte er weiter. Als er an die circa zwölf Kilometer lange Fahrstrecke dachte und die halbe Stunde Fahrzeit, stöhnte er leise auf. Der Waggon füllte sich von Haltestelle zu Haltestelle mehr. Mit der Zahl der Fahrgäste nahm die Hitze im Inneren ständig zu. Jordi Serrat war froh, dass er in La Laguna bereits an der ersten Haltestelle, Campus Guajara, aussteigen konnte. Von dort aus war es nur ein Katzensprung zur Universität.

Schnell befand er sich auf dem breiten, gepflasterten Zuweg zu den Vorlesungsräumen. Der war sauber und ordentlich auf beiden Seiten mit hartblättrigen Grünpflanzen eingefasst. Jordi Serrat gefiel der gepflegte Zustand des Geländes, denn er hatte einen ausgeprägten Sinn für Ordnung.

Am Gebäudeportal fand der Lehrer ohne langes Suchen den Hinweis auf den Hörsaal, in dem die Podiumsdiskussion stattfinden sollte. Es war vom Eingang aus nicht weit dorthin, er lag also gut in der Zeit. Als er den Saal betrat, atmete er erleichtert auf: Der Raum war angenehm temperiert!

Auf dem Podium standen Stühle für neun Personen. Sie waren noch nicht besetzt. Jordi Serrat wurde bewusst, dass er sich bisher gar nicht dafür interessiert hatte, wer zu den Referenten gehörte. Er beschloss, das jetzt auch nicht mehr nachzuholen. Er wollte einfach alles auf sich zukommen lassen.

Das Auditorium war schon gut gefüllt. Serrat schätzte die Besucherzahl auf knapp hundert. Er ging im Hörsaal nach hinten bis zur vorletzten Reihe. Er wollte weitab von der Bühne sitzen, um nicht aufzufallen. Selbst in dieser Reihe ließ er einige Plätze zu den bereits Sitzenden frei, um genügend Abstand zu halten.

Nachdem es zehn Minuten über der Zeit war, wurde es im Auditorium langsam unruhig. Die ersten Hörer, wahrscheinlich Studenten, begannen rhythmisch zu klatschen. Jordi Serrat schüttelte missbilligend den Kopf. Gerade Studenten mussten doch eigentlich die akademische Viertelstunde respektieren. Sie war im Universitätsleben für Kommen und Gehen gang und gäbe!

Aber es war, als hätten die Diskussionsteilnehmer nur auf das Klatschen gewartet. Wie eine Gänseherde kamen sie hintereinander hereinspaziert und nahmen auf ihren Stühlen Platz.

Nach einigen Grußfloskeln stellte sich Antonio Flores als Moderator der Veranstaltung vor und eröffnete die Gesprächsrunde:

»Die fehlende Bereitschaft, Missbrauch und Misshandlung aufzudecken oder anzuklagen, wird gerne mit der Angst begründet, die Opfer durch die Enthüllungen zu stigmatisieren. Da fallen mitunter schwülstige Sätze wie: ›Innere Wunden müssen nicht aufgerissen werden. Viel wichtiger ist es, eine Salbe aufzutragen!‹ Also, man soll wohl alles mit dem Mantel der Liebe zudecken?!« Mit provozierender Gestik schaute sich der Moderator um.

Abbé Dominique Perrault, ein französischer Geistlicher, hob zum Zeichen, dass er etwas sagen wollte, die Hand, stellte sich kurz vor und warf vehement in die Debatte ein: »Sie haben zu Recht ausgespart, dass es sich um ein spezielles Problem der katholischen Kirche handelt. Auch die intellektuelle Linke muss sich hierzu an die Nase packen. In deren Augen war die Kontrolle der Triebe schon immer nur ein Herrschaftsinstrument der Konservativen, um die bürgerliche Macht in der Gesellschaft aufrechtzuerhalten. Diese Kontrolle musste nach ihren Vorstellungen dringend aufhören. Solche Reden gegen die bürgerliche Machterhaltung haben unzweifelhaft zu einer Absenkung der Tabuschranken gegen Pädophilie geführt und dadurch Missbrauch nahezu legitimiert. Das Problem ist also wirklich nicht nur eines der christlichen Kirchen!«

Durch das Auditorium gingen erste Zeichen aufkommender Unruhe.

Antonio Flores beschloss, solchen Störungen zu Beginn gleich entgegenzuwirken: »Liebe Zuhörer, ich bitte, solche Missfallensäußerungen zu unterlassen. Sie stören nur. Das Gespräch ist auf das Podium beschränkt, und hier oben soll jeder ungeschminkt seine Meinung äußern dürfen. Dies zu gewährleisten, wird eine meiner Hauptaufgaben sein.« Dann fuhr er fort: »Abbé Dominique, Sie haben mich fehlinterpretiert. Ich habe keinesfalls bewusst den Bezug zu den Kirchen, speziell zur katholischen Kirche, ausgelassen. Ich halte Ihren Einwurf sogar für falsch und illegitim. Man kann doch kaum glauben, dass sich die Repräsentanten der Kirche von den Linken bei der Absenkung ihrer Tabuschranken haben beeinflussen lassen. Da bin ich mir nun wirklich ganz sicher.«

Die Zuhörer im Saal setzten sich über Flores' Bitte, Ruhe zu halten, hinweg. Lautes Klatschen machte die Stimmung im Saal deutlich.

»Die politische Ausrichtung der Zuhörer ist überwiegend links«, dachte Jordi Serrat etwas irritiert. Aber das war wohl bei Studenten normal, und die stellten eindeutig den Hauptteil der Zuhörerschaft.

Abbé Perrault ging über die Worte des Moderators einfach hinweg und sprach einen anderen Aspekt an, der ihm wichtig erschien: »Die zu untersuchende Problematik tritt im kirchlichen Bereich wohl am häufigsten in den Eliteschulen auf. Diese hermetisch abgeschlossenen Institute sind eine Welt für sich, und das ist genau das, was ihr großer Vorzug ist, sie aber auch gefährdet.«

Markus Bernard, ein deutscher Geistlicher, hob auf diesen Einwand hin die immensen Vorzüge dieser Schulform hervor: »Diese ›Welt für sich‹ bedeutet eine Welt ohne Drogendealer an den Schulhofpforten, ohne Verwirrung durch das andere Geschlecht, ohne Komasaufen an freien Wochenenden!«

Der Psychologe, Doktor Alonso Machado, wollte diese Argumentation nicht gelten lassen: »Ich kann den unerschütterlichen Glauben an die Sinnhaftigkeit dieser

Internate einfach nicht verstehen, den das Bildungsbürgertum, aber auch Künstler und Intellektuelle immer wieder so zur Schau stellen. Herr Pfarrer Bernard reiht sich da wohl nahtlos ein! Es ist doch hinlänglich bekannt, dass in diesen Instituten allzu oft keine Bildungsgeschichte geschrieben wird. Stattdessen sind immer öfter negative Schlagzeilen über die Schulen selbst zu schreiben!« Er freute sich einen Moment an seinem Wortspiel und fuhr dann fort: »Kommt es zu Übergriffen, speziell der Erzieher, sind die Folgen fatal. Depressionen, Angststörungen, Beziehungsprobleme, Störung der Sexualität, Suchtverhalten bis hin zu Suizidversuchen können die Folgen von sexuellem Missbrauch sein.«

Jordi Serrat wurde durch die Worte des Psychologen stark berührt, fassten sie doch überzeugend zusammen, was er in seiner Jugend erleben musste.

»Warum wehren sich die Opfer denn so selten? Warum gehen sie nicht an die Öffentlichkeit?«, fragte Luz Cabrera, Reporterin der Zeitung El Día.

»Sie wagen sich nicht an die Öffentlichkeit, weil sie denken, nur ihnen sei das passiert und sie seien es, die schlecht und schuldig sind. Wahrscheinlich haben ihnen das ihre Peiniger sogar eingeflüstert. Die Gesellschaft und sogar manche Psychologen sind dabei oft auf Seiten der Täter. Sie neigen zumindest zur Passivität, denn sie haben kein Rezept, wirksam gegen diese Art von Misshandlung einzuschreiten. Sie fürchten ihre eigene Ohnmacht und können das Problem nicht verarbeiten. Deshalb ist es ihnen unmöglich, das Leid und die Hilflosigkeit der Betroffenen zu ertragen. Sie reagieren mit dem Ausblenden des Problems.«

Antonio Flores hatte sich auf das Streitgespräch gut vorbereitet und lancierte die nächste provokante These in die Runde: »Oftmals geben sich die Täter mit dem Schwärmen von der Welt der Antike, der Männer- und Knabenliebe unter den alten Griechen ein fadenscheiniges Alibi und lassen Schuldgefühle bei sich selbst gar nicht erst aufkommen. Sie finden mit diesen Argumenten sogar ein gewisses Verständnis bei vielen Bewunderern des Altertums. Manche von ihnen folgen auch einer Doppellogik und machen sich selbst glauben, dass die Kinder aus freien Stücken Sex mit ihnen hätten.«

Einen Moment legte sich Schweigen über den Saal.

Pater García Talavera ergriff inmitten der Stille entrüstet das Wort: »Wir leben in einer christlichen Welt, und für uns gelten christliche Regeln. In Lukas 12, 49 steht gcschrieben: ›Ich bin gekommen, um Feuer auf die Erde zu werfen, und wie froh wäre ich, es würde schon brennen!‹ In der Tat scheint es, als müsse dieses Feuer erst einmal vieles verbrennen, viel Böses in uns. Es kommt in unserem Christsein nicht darauf an, dass wir immer recht freundlich dreinschauen, nett zueinander sind und ja niemandem auf der Welt in irgendeiner Form weh tun! Nein, wir müssen das Böse erkennen und bekämpfen! Blutleere Harmlosigkeit und Verschleierungstaktik hat nichts, aber auch gar nichts mit dem Glauben an Jesus Christus zu tun.

Evangelium muss Brandstiftung sein! Wir selbst sollen brennen und zuallererst an uns spüren, was das Evangelium wirklich anstecken, anmachen, ergreifen und erwärmen kann. Missbrauch ist Mord an der Seele, dagegen hilft nur brennen und ausrotten! Wir müssen die Speerspitze gegen solche Schandtaten sein. Ich stehe übrigens in La Laguna einer Vereinigung vor, die sich ›Gestohlene Kindheit‹ nennt. Sie versucht, gerade in solchen Fällen zu helfen.«

Der Fernsehreporter Sergio Pérez schüttelte resigniert den Kopf und fuhr dem erregten Geistlichen ins Wort: »Auch bei Ihren auf den ersten Blick überzeugenden Worten steht doch nur der Eigenschutz der Kirche im Vordergrund. In der Realität werden immer die Opfer vergessen und die Täter geschont!« Pérez schaute sich Zustimmung heischend um.

Die Worte des Geistlichen hatten Jordi Serrat regelrecht elektrisiert. Er hatte die Stimme seines früheren Lehrers und Peinigers erkannt!

Nun gab er sich große Mühe, ihn trotz der Entfernung auf dem Podium auszumachen und auch optisch wiederzuerkennen. Als seine Augen ihn fanden, registrierte er, dass der Priester immer noch groß und hager war. Sein Rücken war jedoch inzwischen altersrund und sein Schädel fast kahl. Sein längliches, hageres Antlitz war blässlich und zeigte noch härtere Züge als früher.

Nach dem Einwurf des Fernsehreporters trommelte García Talavera mit seinen langen dünnen Fingern nervös und ungehalten auf den Tisch.

»Seine Fingernägel sind bestimmt noch so sorgfältig manikürt wie ehedem«, dachte Serrat, denn selbst solche Einzelheiten standen auf einmal wieder vor seinem inneren Auge. Und nun tat sich dieser Verbrecher auch noch als Verteidiger der guten Sache hervor!

Jordi Serrat war erschüttert. Zunächst erwog er, den Pater noch in der Veranstaltung zur Rede zu stellen. Nach Jahren seines Leidens wollte er ein Gespräch, eine Erklärung, eine Entschuldigung! Doch ihm fehlte, wie den meisten Opfern in einer solchen Situation, der Mut. Die Stimme versagte ihm, als er laut werden wollte. Hatte er noch immer zu viel Respekt vor seinem früheren Lehrer?

Am Fortgang der Podiumsdiskussion nahm Jordi Serrat keinen Anteil mehr. Er war wie gelähmt und sah nur noch fassungslos zu seinem früheren Lehrer hin, der sich hier überzeugend als Saubermann gab, aber selbst so viel Dreck am Stecken hatte.

Nun wollte der Schriftsteller Manuel González einen neuen Aspekt einbringen: »Wir haben bisher den wichtigen Punkt Misshandlungen ganz ausgespart«, meldete er sich.

Ungnädig versuchte Abbé Dominique, ihn in seinem Redefluss zu bremsen. »Nach den Schwerpunkten, die wir bereits gesetzt haben, scheint es mir mehr als entbehrlich, darauf überhaupt noch einzugehen. Außerdem ist die Bewertung von körperlicher Züchtigung in der Vergangenheit unterschiedlich gewesen: Vor einigen Jahrzehnten gehörte die Prügelstrafe noch in allen Schichten unserer Bevölkerung zur normalen Erziehung. Heute spricht man hier ebenfalls von Misshandlung.«

Im Saal wurde es wieder unruhig. Nun konnte sich auch die Juristin Carmen Rodríguez nicht mehr bremsen:

»Was Sie da so gelassen aussprechen, Abbé, ist juristisch nicht haltbar. Auch vor 30 Jahren gab es schon objektive Kriterien, mit denen man Misshandlungen als strafbar qualifizieren konnte. Dabei standen allerdings viel gewichtigere Vergehen als die Prügelstrafe im Vordergrund. Lassen Sie mich einige Untaten nennen, für die übrigens eine Vielzahl von Belegen vorliegt: Kinder wurden mit

Pritsche und Eimer als einzigem Inventar tagelang in Isolierzellen gesperrt und ohne jeglichen Ansprechpartner in Arrest gehalten. Selbst wenn sie nur einen Blick durch die vergitterten Fenster in die Freiheit wagten, wurden sie schon gezüchtigt. Gegessen werden musste alles, was man ihnen vorsetzte, und wenn es noch so ungenießbar war. Konnten die armen Kinder den Fraß nicht bei sich behalten, wurden sie gezwungen, das Erbrochene wieder aufzuessen, oft direkt aus der Kloschüssel, in die sie es hineingespuckt hatten. Alle diese Maßnahmen beschädigten die kleinen Seelen auf immense Art und Weise und hatten nur ein Ziel im Auge: Den gerade erst aufkeimenden Willen dieser Kinder sofort zu brechen!

Erlauben Sie mir dazu noch einige Erklärungen: Misshandlung konkretisiert sich oftmals in Hohn, Spott und Erniedrigung. Für solche Art Erniedrigung, die mir fast als das Schlimmste erscheint, hier einige Beispiele. Zöglinge werden beschimpft: ›Du Taugenichts, kein Wunder, dass du deine Mutter ins Grab gebracht hast‹, oder ›Wer will dich denn schon, du bist nicht umsonst hier, bist nichts und wirst auch nichts werden‹, oder ›Du bist eine Teufelsbrut deiner Mutter, wirst auch in der Gosse landen, der Apfel fällt nicht weit vom Stamm.‹ Diese Kinder, die sich in besonderem Maße nach Liebe und Zuwendung sehnten, wurden also nicht etwa durch liebevolles Verständnis unterstützt, nein, sie wurden vielmehr zusätzlich grausam gequält!«

»Das sind doch lediglich abscheuliche Einzelfälle«, versuchte der Abbé die Rednerin zu unterbrechen, aber Carmen Rodríguez ließ sich nicht beirren:

»Was ich sage, ist die Wahrheit, objektiv die Wahrheit!«

»Es gibt keine objektive Wahrheit. Wissen Sie nicht, wie oft sich das Bild der Wahrheit im Zeitablauf verändert hat? Außerdem ist Wahrheit oft zerstörerischer als Lüge«, insistierte der Abbé.

»Das sagten Sie schon, wenn auch mit anderen Worten«, fuhr nun Frau Rodríguez Abbé Dominique genervt über den Mund. »Hören Sie mir lieber weiter zu: Kinder wurden mit Valium oder Truxaletten-Saft ruhiggestellt. Schwerstarbeit bis zur absoluten körperlichen Erschöpfung war an der Tagesordnung. Das kleinste Vergehen wurde mit tagelangem Redeverbot oder Dunkelhaft im Karzer bestraft. Das sind Strafen, die nicht einmal im allgemeinen Strafvollzug legitim sind!«

Jordi Serrat stand noch ganz neben sich, als die Diskussion zu Ende ging. In seine eigenen Gedanken versunken, verließ er mit den anderen Hörern den Saal.

7

Mit dem Auftritt von Pater García Talavera hatten ihn die Schrecken seiner Knabenzeit eingeholt. Er machte sich auf den Heimweg. Als er zu Hause den Schlüssel im Türschloss drehte, wusste er gar nicht, wie er dorthin gekommen war. Erst in seinen eigenen vier Wänden fand er langsam wieder zu sich selbst.

Er besann sich auf das, was geschehen war, und suchte Klarheit, absolute Klarheit. Er zog das Programm der Veranstaltung aus seiner Jackentasche und ging die Liste der Teilnehmer durch. Da stand Schwarz auf Weiß: Pater García Talavera, Dozent im Ruhestand, wohnhaft in San Cristóbal de la Laguna.

Es war nicht nur wirklich sein ehemaliger Lehrer gewesen, der sich als Gutmensch produziert hatte, nein, er wohnte auch noch auf der Insel, und zwar ganz in Serrats Nähe!

Jordi Serrat drückte mit seinem Zeigefinger fest auf den Schriftzug, so als könnte damit zerquetschen und vernichten, was er gerade gelesen hatte. Dann begann er am ganzen Körper zu zittern. Plötzlich stand wieder alles vor seinen Augen. Obwohl er das Gröbste überstanden zu haben glaubte, lag das Trauma seiner Jugend mit ganzer Wucht wieder auf seiner Seele. Doch er brauchte noch mehr Gewissheit.

Er ging zum Sideboard, auf dem das Telefon und das Telefonbuch lagen, suchte in dem Buch die Telefonnummern von La Laguna und fand nach einigem Blättern den Anschluss von Pater García Talavera. Jordi Serrat schaute auf seine Armbanduhr. Es war bereits nach 22 Uhr 30. Er entschied, dass er trotzdem noch anrufen könne. Er wählte die ausgewiesene Nummer und hörte, wie es auf der anderen Seite fünfmal klingelte, dann wurde endlich abgehoben.

Beim »*Dígame*« der ihm so bekannten Stimme lief ihm ein Schauer über den Rücken. Er hatte wirklich seinen früheren Peiniger an der Leitung! Es dauerte einen Moment, bevor Jordi überhaupt einen Ton herausbekam, so aufgewühlt war er.

Dann besann er sich auf eine Notlüge: »Guten Abend, mein Name ist Santos, mit wem spreche ich?«

»García Talavera«, tönte es selbstsicher mit leichter Neugierde in der Stimme zurück.

»Oh, dann habe ich mich verwählt, entschuldigen Sie bitte«, antwortete er schnell und legte mit einem Seufzer der Erleichterung auf.

Damit war zwar das Gespräch unterbrochen, aber nicht der Aufruhr in seinem Inneren. Jordi Serrat konnte sich an diesem Abend mit nichts anderem mehr beschäftigen. Stattdessen kamen in ihm die vielen schrecklichen Erlebnisse seiner Jugendzeit wieder hoch und traten nacheinander vor sein inneres Auge.

Die Bilder zeigten die ganzen Qualen im Zeitraffer: Schon bald nach seinem Eintritt in das Internat hatte er nur Angst vor diesem Lehrer empfunden. Seine neuen Kameraden hatten ihn von Beginn an vor dessen Grausamkeiten gewarnt: »Hüte dich vor ihm! Tu immer, was er sagt, denn er kennt kein Erbarmen. Wir nennen ihn Pater Gnadenlos.«

Schon am Abend seiner Ankunft musste er miterleben, wie Pater García Talaveras Rohrstock im Schlafsaal über die bloßen Rücken mehrerer Schüler tanzte, die Jordi gerade erst kennengelernt hatte. Einige der Knaben verschwanden sogar für die Nacht ganz aus dem Schlafraum. »Die müssen nackt in den Karzer«, flüsterte ihm ein Junge zu, der selbst wohl damit Erfahrung hatte. Das alles kam Jordi wie ein Gruselmärchen vor. So etwas kannte er von daheim nicht. Geschichte reihte sich an Geschichte...

Er konnte die ganze Nacht nicht einschlafen. Seine schrecklichen Erinnerungen waren noch nicht am Ende. Die Bilder jagten sich in seinem Kopf, düstere Gedanken ergänzten sie bis hin zum Unerträglichen. Jordis Gedärm zog sich zusammen, als er immer neue Strafen sah. Diese Art von ›Strafen‹ wurde für ihn bald zum täglichen Brot.

Wenn er Pater García Talavera nur sah, rebellierte sein Magen vor Aufregung, sein Verdauungstrakt spielte verrückt, und eines Tages geschah es, dass er sich direkt neben dem Mittagstisch erbrach. Der Priester kannte gerade in seinem Fall kein Pardon. Harte Maulschellen trafen Jordis Gesicht, und er musste vor seinen Kameraden das Erbrochene wieder aufessen. Was für eine Schmach und was für ein scheußliches Gefühl!

Es dauerte ein paar Wochen, bevor der Pater Jordi Serrat zum ersten Mal anfasste. Nach einer Züchtigung sagte er zu ihm: »Dein Ungehorsam und deine fehlende Disziplin sind bestimmt darauf zurückzuführen, dass dein sündiges Hirn sich mit Weiberkram beschäftigt. Lass ab davon! Ich habe viel über dieses Übel studiert, und so ist mir eine Aussage von Papst Pius II. fest im Gedächtnis geblieben: ›Wenn du eine Frau siehst, denke, es sei der Teufel! Sie ist eine Art Hölle!‹«

Die knöcherne Hand des Priesters berührte den Jungen, dieses Mal sanft, streichelte über seinen Bauch, seinen Penis. Dann verschwand er abrupt aus dem Schlafraum.

Der Satz des Paters verfolgte Serrat von nun an in seinen Träumen und wurde von dem Priester noch viele Male wiederholt. Dieser Gedanke und dessen Beherzigung führten letztlich dazu, dass Serrat bis zum heutigen Tag zu keiner Frau ein natürliches Verhältnis entwickeln konnte. Wie oft hatte er den Priester dafür in seinen Gedanken verflucht!

Aber er hatte auch gegen die Auswirkung angekämpft. Mit den bescheidenen Erfolgen unzähliger Therapien hatte er auf Besserung gehofft. Nach dem heutigen Wiedersehen war ihm aber klar geworden, dass er das ganze Leid nur verdrängt, keinesfalls überwunden hatte.

Hatte Pater García Talavera mit dem Satz vielleicht damals schon auf die ›einzig wahre Liebe‹, die unter Männern, hinweisen wollen?

Jordi Serrat hatte noch viele Demütigungen und Strafen sowie harten Arbeitsdienst zu ertragen, bevor der Priester sich wirklich an ihm verging. Eines Abends verharrte der Pater im abgedunkelten Raum neben seinem Bett. Er hatte Serrat tagsüber mit der Rute gezüchtigt. Nun fuhr seine kalte Hand unter dessen Nachthemd und glitt über seinen Rücken, als suchte er nach den Striemen des Rohrstocks. Die streichelnden Bewegungen wurden immer intensiver. Jordi Serrat hielt den Atem an, dafür hörte er, wie der des Erziehers immer aufgeregter aus dessen Lungen pfiff.

Und dann geschah etwas, was Serrat erst gar nicht verstand. Sein Rücken wurde mit einem Mal von warmer Feuchtigkeit getroffen, und der Priester verließ ihn im selben Moment ohne ein Wort. Er hatte ihm auf den Rücken onaniert! Jordi Serrat tastete sich ab und griff mit Ekel in den klebrigen Erguss. Danach weinte er die ganze Nacht hindurch.

Plötzlich kehrte Serrat aus diesen Erinnerungen in die Realität zurück und merkte, dass ihm wieder Tränen über das Gesicht liefen. Er sah durch den Tränenschleier, wie der Mond unheimliche Figuren an seine Zimmerdecke malte. Sie wirkten auf ihn wie Schreckgespenster.

Seine Albträume durften nicht noch einmal zurückkommen, entschied er. Das wollte er mit aller Macht bekämpfen! Er begab sich ins Badezimmer und nahm zwei

Schlaftabletten ein, die ihm endlich Ruhe bringen sollten. Mit immer noch flatternden Nerven ging er ans Fenster und verschloss die schweren Holzläden. Dann legte er sich wieder auf sein Bett. Bis die Tabletten wirkten, grübelte er wieder über seine Vergangenheit:

Als er das erste Mal missbraucht worden war, war niemand da gewesen, der Mitleid mit ihm empfand. Seine Eltern waren weit weg gewesen. Sie waren stolz, weil aus ihrem Sohn etwas Besseres werden sollte. Sie bekamen nicht mit, wie er sich nach dem Übergriff des Priesters von allem zurückzog, sich selbst von seinen Kameraden nicht mehr berühren ließ, Sprachstörungen hatte und nichts mehr essen wollte.

Seine Freunde lachten ihn aus, weil er sich so oft wusch. Aber Serrat hatte den Drang dazu, denn er fühlte sich nach jeder Berührung durch den Pater schmutzig bis unter die Haut. Schließlich fügte er sich zur Bestrafung selbst Verletzungen zu. Das Böse sollte durch die zugefügten Wunden aus seinem Leib wieder ausbluten. Sein Turnlehrer registrierte die Verletzungsmale zwar, doch er schwieg. Er hielt sie für Zeichen der Züchtigung durch seine Kollegen, und die waren ihm nur allzu gut bekannt.

Die Tabletten wirkten endlich. Jordi sank in einen unruhigen Schlaf. Traumbilder quälten ihn. Vieles blieb halbverschwommen, schmerzte ihn aber trotzdem. Mit einem Mal schreckte er auf und rang schweißnass um Hilfe.

Er sah aus dem Fenster. Er wollte sich ablenken, suchte Kontakt zu anderen Menschen. Doch die Morgendämmerung kündigte sich noch nicht einmal an, die Straßen waren still und leer. Ein weiteres Horrorbild baute sich vor Jordi Serrat auf: keine Kreatur, die Stadt war entvölkert! Es war wie in dem Roman »Das letzte Ufer« von Nevil Shute. Eine nuklearverseuchte Wolke hatte alles Leben dahingerafft! Keine Hilfe war in Sicht.

Serrat wollte nicht wieder in fürchterliche Träume zurückfallen. Er beschloss, wach zu bleiben und sich mit etwas Sinnvollem zu beschäftigen. In dieser Situation wuchs in ihm der Plan, seinen ehemaligen Erzieher zur Rechenschaft zu ziehen!

Er musste den Priester dafür aufsuchen. Zunächst wollte er aber erst einmal dessen Lebensumstände ausforschen. Dann wollte er ihn zur Rede stellen, anklagen und verurteilen. Das sollte eine Angelegenheit nur zwischen ihnen beiden werden! Pater García Talavera würde sich darein fügen müssen. Er würde ihn dieses Mal dazu zwingen!

Wie er das am besten bewerkstelligen konnte, wurde ihm im Laufe der Nacht klar:

Vor gut einem Jahr hatte er von seinem verstorbenen Onkel hoch oben im Anaga-Gebirge ein Höhlenhaus geerbt. Es war in keinem guten Zustand, ohne elektrisches Licht, fließend Wasser oder Kanalisation. Brauchwasser kam aus einem Tank auf dem Fels, in dem sich Niederschlag sammeln konnte. Trinkwasser musste man in großen Plastikkanistern herbeischaffen, genau wie Petroleum für die Lampe und Gasflaschen für den kleinen Herd. Das Beste an diesem Haus war aber seine Abgeschiedenheit. Niemals kam dort eine Menschenseele vorbei, denn es gab nicht mal einen Trampelpfad durch diese Gegend. Das war der richtige Ort für ein Tribunal. Keine Mithörer, keine Zeugen, keine Störung!

Der jetzige Zeitpunkt erschien Jordi Serrat für seine Vorhaben äußerst günstig. Die Karnevalsferien hatten begonnen, er selbst hatte also Schulferien und Zeit. Den kommenden Tag wollte er bereits für seine Pläne nutzen.

Jordi hatte zwar eine Einladung seiner Kollegen erhalten, den nächsten Abend gemeinsam mit ihnen auf eine Karnevalsveranstaltung zu gehen, aber er beschloss, kurzfristig abzusagen. Eigentlich müsste er dabei sein, meldete sich sein schlechtes Gewissen. Er wollte doch der neue Leiter der Schule werden, also schien es geboten, seine Kollegen günstig zu stimmen. Aber Serrat hasste diese aufgesetzte Lustigkeit, das Saufen und ständige Begrabschen von Frauen. Karneval war nicht sein Ding. Und außerdem hatte er etwas Wichtigeres vor! Deshalb täuschte er mit falschem Bedauern, aber heimlicher Freude eine Unpässlichkeit vor.

Wenn er sonst seine Abneigung für den Karneval ausdrücken wollte, zitierte er gerne den heiligen Paulus: »Gott hat das Narrentum in die Welt gebracht, um den Weisen zu verwirren!« Jordi nahm, wenn er diesen Satz sagte, in Kauf, an Pater García Talavera erinnert zu werden, denn von ihm hatte er ihn das erste Mal gehört. Er musste sich sogar widerwillig eingestehen, dass ihn der Priester auch in diesem Falle mit seinen Ansichten stark geprägt hatte.

Die restlichen Morgenstunden nutzte er, alle diese Gedanken seinem Tagebuch anzuvertrauen. »Ich muss es einfach tun, ich muss diesem Unmenschen ins Gesicht sehen«, beendete er seinen Eintrag für heute und machte sich damit Mut.

8

Noch am selben Nachmittag begab sich Jordi Serrat wieder auf den Weg nach La Laguna. Dieses Mal fuhr er mit seinem Wagen, denn er wollte später noch hoch ins Anaga-Gebirge, um das ererbte Höhlenhaus für sein Vorhaben zu inspizieren.

Er fand die Wohnung des Priesters in der Bischofsstadt schnell. Was er dort feststellte, passte wunderbar in seine Planungen: Pater García Talavera wohnte sehr ruhig in einem der vielen Patrizierhäuser der Calle Santo Domingo. Das Gebäude hatte eine recht einfache, unauffällige Fassade, lediglich das Portal mit dem prächtigen Familienwappen und die aus Holz gearbeiteten Balkone zeigten nach außen hin eine gewisse Eleganz.

Schon diese sparsamen Attribute machten Kennern den Unterschied zwischen Arm und Reich deutlich. Die wirklich gediegene Ausgestaltung des Hauses versteckte sich jedoch in seinem Inneren. Dort war bereits dem Hof, dem *Patio*, besondere Sorgfalt gewidmet worden. Von ihm aus gelangte man über eine schön gemaserte, glänzend gewienerte Marmortreppe bis in das obere Stockwerk. Die kunstvoll geschnitzten Balkone vor den bodentiefen Fenstern zogen sich über die ganze Hausfront hinweg und boten Schutz bei einem Ausblick auf die Straße.

Pater García Talavera wohnte im Dachgeschoss. Der Weg über die Treppe war nicht einzusehen, registrierte

Jordi Serrat zufrieden. Vom *Patio* führte eine Seitenpforte auf eine stille, gepflasterte Nebenstraße hinaus, die mit Pollern geschlossen war und dadurch nur von den Anwohnern für ihre Autos benutzt werden konnte. Man brauchte für die Poller nämlich einen speziellen Schlüssel, den nur sie besaßen. Dieser verschwiegene Lieferanteneingang war für sein Vorhaben, den Priester in seine Gewalt zu bringen, ideal! Fürs erste hatte Serrat genug gesehen.

Er machte sich nun gutgelaunt auf den Weg in das Anaga-Gebirge, fuhr aus der Stadt hinaus Richtung Mercedeswald, am Cruz del Carmen vorbei, und orientierte sich dann Richtung Chamorga, dem kleinen Terrassendorf, das in 500 Metern Höhe über dem Meeresspiegel lag. Jordi Serrat fuhr von dort aus noch einige Kilometer weiter, bevor er den Wagen in einer Parkbucht stoppte und ausstieg. Nun ging er noch circa 200 Meter zu Fuß am Straßenrand entlang, weiter bergauf, dann schlug er sich seitwärts in die Büsche.

Der Einstieg war fast völlig zugewachsen und wurde von einem Ortsunkundigen mit Sicherheit übersehen, so versteckt lag er.

Als Jordi Serrat auf den dicht bewachsenen Waldweg trat, legten sich im Westen bereits erste Vorboten der Dämmerung über das Land. Er sah sich um: Kein menschliches Wesen war im weiten Umkreis zu sehen. Nur weiter unten auf einem Waldweg streunte ein dürrer, herrenloser Hund, die Nase tief am Boden, wohl auf der Fährte eines Kaninchens. Aus der Ferne tönte das »Ruckedigu« einer Taube herüber.

Jordi Serrat war erleichtert. Es würde hier oben keine Probleme geben. Niemand würde seine Kreise stören. So kannte er es von seinen wenigen Besuchen, und so brauchte er es auch dieses Mal für seine Zwecke.

Fast eine Viertelstunde lang arbeitete er sich durch hohe Farnwedel und Lorbeerbüsche, dann stand er schwer atmend vor seinem Höhlenhaus.

Dessen Front aus Naturstein schloss bündig mit dem Naturfelsen ab. Ein winziges Fenster war mit einer schweren Holzlade verschlossen, die genauso verwittert war wie die schwere Holztür, die ebenfalls aus dicken Planken gezimmert und gut zwei Meter daneben in die Wand eingepasst war. Die Vorderansicht des Höhlenhauses verschwand völlig im vermoosten Einheitsgrau der Felswand und bot aus größerer Entfernung keinen Blickfang für neugierige Augen.

Jordi Serrat öffnete das rostige Vorhängeschloss der Tür, zog sie vorsichtig auf und trat in die dunkle Höhle ein. Verbrauchte, muffige Luft schlug ihm entgegen. Es war drinnen etwas kühler als draußen, feucht und düster, denn nur durch den Eingang drang nun das wenige schwindende Tageslicht in den Raum. Serrat entschloss sich, die Lade vor dem Fenster geschlossen zu lassen. Er wollte sich beeilen, und für eine erste Überprüfung sah er auch so noch genug.

Er war lange nicht mehr hier gewesen und musste seine Erinnerung darüber auffrischen, was sich hier oben alles befand. Aufmerksam sah er sich um. Mitten im Raum stand ein roh gezimmerter Holztisch mit zwei alten Stühlen. Vorne neben dem Fenster war eine Kochecke mit einem einflammigen Gasherd und einer Blechspüle eingebaut. Die Spüle war mit der Zisterne verbunden, die draußen in den Felsen hing, und wenn es die Witterung zuließ, für Brauchwasser sorgte. Sie hatte unten ein Abflussrohr, das nach draußen führte. Genügend Geschirr und Besteck waren vorhanden. Der Boden bestand aus gestampfter Naturerde und tat seinen Dienst. Hinten an der Höhlenwand direkt über dem Boden lag ein roh gezimmerter Bettkasten, der mit einer schäbigen Matratze aufgefüllt war. Für den Priester musste sie reichen. Eine Petroleumlampe stand auf einem kleinen Schränkchen direkt neben dem Bettgestell.

Jordi Serrat hatte bisher wenig Lust verspürt, dieses spartanische Anwesen aufzusuchen. Er hatte sich aber auch nicht die Zeit genommen, es für seinen Gebrauch zu verschönern. Jetzt war es, so wie es war, genau richtig. Der Priester sollte ja zum Erholungsurlaub hier sein! Er sah sich noch einmal um, um festzuhalten, was er noch alles besorgen musste. Sein Blick fiel auf einen Kanister mit Trinkwasser, der fast leer war. Er beschloss, ihn mitzunehmen und zu entsorgen. Das Wasser hatte schon zu lange gestanden und war bestimmt nicht mehr genießbar.

Nun ging er nach draußen und schloss die Tür wieder sorgfältig hinter sich zu. Er brauchte dazu seine Finger zum Tasten, denn es war ziemlich dunkel geworden. Ein prüfender Blick ging in die Zisterne, sie war wegen der Regenfälle der letzten Zeit randvoll. Das Restwasser aus dem Kanister passte noch hinein, er schüttete es hinzu. Brauchwasser gab es also genug. Er musste nicht allzu viel herbeischleppen. Wasser war schließlich schwer.

Auf dem Weg zurück zu seinem Wagen wiederholte er vor sich hin, was er einkaufen musste: Er brauchte eine Gasflasche für den Herd und Petroleum für die Lampe. Es fehlten Bettdecke und Laken für das Bett. Ein großer Plastikkanister mit Trinkwasser musste her, einige Lebensmittelkonserven und Toilettenpapier. Außerdem wollte er den Priester mit einer Eisenkette und einer Schließe festsetzen. In einem Campingladen würde er ein chemisches Klosett kaufen. Nun war er sich fast sicher, nichts vergessen zu haben, und konzentrierte sich auf den Weg.

Bald hatte er seinen Wagen erreicht. Auf der Rückfahrt nach Hause wollte er nicht wieder die Straße über La Laguna nehmen, sondern den Weg hinab über San Andrés, weil diese Strecke kürzer war.

Jordi Serrat musste eine gute halbe Stunde auf der Serpentinenstraße kurven, bevor er aus halber Höhe den kleinen Ort San Andrés unter sich liegen sah, der mit seinen bunten Häusern wenige Kilometer nordöstlich von Santa Cruz an der steilen Felswand empor kletterte.

Er sah den Kirchturm der alten Kirche San Andrés Apóstol, nach der das Örtchen benannt war. Im Dämmerlicht schimmerte einer der schönsten Sandstrände von Teneriffa, die Playa de las Teresitas. Der Strand war fast zwei Kilometer lang und mit Saharasand künstlich aufgeschüttet worden.

Unten im Ort sah Jordi Serrat am Rande der Hauptstraße einen städtischen Container für Plastikmüll. Er hielt seinen Wagen daneben an und entsorgte den leeren Wasserkanister. Serrat bemerkte nicht, dass ihn zwei neugierige Augen dabei beobachteten. Er fuhr einfach nur müde weiter. Nach einer weiteren halben Stunde würde er zu Hause sein, tröstete er sich.

Noch bevor er zu Abend aß, schrieb er den Einkaufszettel zusammen und machte einige kurze Eintragungen in sein Tagebuch. Nach dem Abendbrot ging er recht bald schlafen. Er hatte sich auch für den nächsten Tag viel vorgenommen.

9

Am nächsten Morgen direkt nach dem Frühstück fuhr Jordi Serrat in das Industriegebiet, das kurz vor La Laguna an der Nord-Autobahn lag. Dort gab es für alle Dinge, die er kaufen musste, die richtigen Geschäfte.

Er fuhr auf den Außenparkplatz des Sporthauses. In der Campingabteilung fand er schnell ein Klosett. Es war von seinen Ausmaßen her so handlich, dass es ohne weiteres in seinen Kofferraum passte.

Von einem Sonderstand, auf dem kleine Taschenlampen angeboten wurden, nahm Jordi eine Lampe und hielt sie prüfend in der Hand. Sie hatte einen eingebauten Dynamo. Indem man ihn ankurbelte, wurde Strom erzeugt. Die Taschenlampe war damit unabhängig vom Batteriebetrieb und brauchte nur etwas Muskelkraft, um bei Bedarf zu leuchten. Sie war bestens geeignet für die Wege oben im unwirtlichen Gelände des Gebirges, wo es zwischen den hohen Farnwedeln, unter den dichten Kronen der Lorbeerbäume, schon tagsüber ein wenig düster war, erst recht aber nach Sonnenuntergang. Es gab die Lampen in vielen leuchtenden Farben, doch Jordi Serrat wählte eine in gedecktem Dunkelgrün.

In einer nahen *Ferretería* kaufte er eine solide Eisenkette, circa zwei Meter lang, mit einer Schließe, einem

Befestigungsscharnier für die Wand und einem Vorhängeschloss und Nägeln zum Anbringen.

Die Gasflasche, das Petroleum, den Wassertank und einige haltbare Lebensmittel bekam er im Supermarkt. Einige Rollen Toilettenpapier sowie Decke und Laken von zu Hause lagen bereits auf dem Rücksitz seines Wagens.

Als er alles zusammen hatte, war es noch nicht einmal Mittag. Deshalb beschloss er, die Dinge noch hinauf in das Höhlenhaus zu fahren und alles für das »Tribunal« vorzubereiten. Er überlegte einen Moment, wie er fahren sollte, dann nahm er wieder den Weg über La Laguna durch den Mercedeswald.

Am Aussichtsplatz Cruz del Carmen aß er in einem Restaurant zu Mittag. Dann sputete er sich, denn er musste mit den sperrigen Gegenständen schließlich den Weg zum Haus mehrmals gehen, und das brauchte seine Zeit!

Jordi wollte vor dem Dunkelwerden fertig sein und musste den mühsamen Weg insgesamt viermal gehen. Als er endlich alle Dinge zum Haus geschleppt hatte, machte er sich, ohne eine Pause einzulegen, an die Arbeit, alles richtig an Ort und Stelle unterzubringen.

Er bedeckte die alte Matratze mit dem Laken und legte die Decke darauf. Neben dem Bett hämmerte er das Scharnier mit der Kette an der Wand fest. Er hing sich mit seinem ganzen Gewicht daran, um zu prüfen, ob er es wieder losreißen konnte, doch es hielt stand. Die Gasflasche und den Petroleumtank stellte er etwas entfernt von der Herdplatte an die Wand. Er wollte keine unnötige Brandgefahr. Das Klosett kam direkt daneben, und dort verstaute er auch das Toilettenpapier. Schließlich fand der Wassertank noch seinen Platz unter der Spüle neben dem

Abflussrohr. Die Lebensmittel räumte er in das offene Regal an der Wand. Nun sah sich Jordi Serrat noch einmal kritisch um und war zufrieden. Alles war für die Ankunft des Priesters vorbereitet.

Auf dem Rückweg zu seinem Wagen tat die neue Taschenlampe gute Dienste. Zwanzig kraftvolle Drehungen erzeugten genügend Strom für den gesamten Weg. Der Lichtstrahl wanderte punktgenau vor seinen Füßen her, der kleine Lichtkegel würde fremde Augen nicht misstrauisch machen.

Für die Rückfahrt nach Santa Cruz nahm Serrat wieder die Strecke über San Andrés. War es ein gutes Omen, dass die Kirchturmglocken gerade läuteten, als er an dem kleinen Örtchen vorbeifuhr? Er befand »ja«, parkte seinen Wagen an der Hauptstraße und trank in einer kleinen Bar, in der bereits mehrere Müßiggänger saßen, als Belohnung für die getane Arbeit eine Flasche Bier.

Die Männer sahen ihn unverhohlen neugierig an. Es war ungewöhnlich, dass in dieser schmucklosen Kaschemme ein Fremder einkehrte. Normalerweise verkehrten hier nur Stammgäste.

Einer von den Einheimischen glaubte den Fremden sogar wiederzuerkennen. Hatte der nicht neulich in ihrem Müllcontainer einen Wasserkanister entsorgt? Was wollte der wohl hier? Ein Blick nach draußen gab dem aufmerksamen Beobachter Recht. Dort stand derselbe Opel, der damals neben dem Container gehalten hatte. Was suchte dieser Mensch hier? Kontakt zu ihnen nahm Serrat jedenfalls nicht auf, und sie selbst hatten auch keine Lust dazu.

10

Heute wollte Jordi Serrat den Priester holen. Vor Aufregung war er ganz nervös, die Zeit wollten nicht vorübergehen. Er hatte beschlossen, erst am späteren Nachmittag zu Pater García Talavera zu fahren.

Da erwartete er am wenigsten Störungen, wenn er den Priester »abholen« wollte. Sollte es im Haushalt des Paters eine Putzhilfe geben, hatte die zu dieser Zeit ihr Tagwerk bestimmt schon erledigt. Der Briefträger hatte seinen Rundgang schon hinter sich, und die Mitbewohner hielten *Siesta* oder waren noch bei der Arbeit.

Plötzlich fiel ihm siedend heiß ein, dass er sich noch gar nicht um ein Betäubungsmittel für den Pater gekümmert hatte. Er konnte nicht davon ausgehen, dass dieser freiwillig mit ihm kam. Jordi ging an seinen Arbeitsplatz und fuhr den Computer hoch. Im Internet fand er nach einigem Suchen ein Mittel, das mit einer Spritze verabreicht wurde und rezeptfrei in der Apotheke zu haben war. Er schrieb sich den Namen des Medikaments auf und machte sich auf den Weg zur nächsten Apotheke. Endlich hatte er etwas zu tun, um die Zeit zu überbrücken!

Kurz nach Mittag fuhr er mit seinem Auto nach La Laguna. Er parkte so nahe wie möglich am Haus des Priesters. Am Hauseingang drückte er den Klingelknopf neben dem Namenschild Alfonso García Talavera. Nach einigen Sekunden ertönte der Summer. Der Priester war zu Hause! Jordi Serrat stieß die Tür auf. Seine Augen huschten noch einmal hin und her, aber von nirgendwo winkte Gefahr. Eilig stieg er die glänzende Marmortreppe hinauf.

Serrat war um ein freundliches Lächeln bemüht, als der Priester ihm seine Wohnungstür öffnete. Mit einem »Oh, Verzeihung Pater, ich möchte Sie um eine kleine Hilfe bitten«, begann er seine eingeübte Ansprache:

»Ich bin eine Etage tiefer zu Gast und möchte zwei schwere Kisten Wein in die Wohnung heraufschaffen. Mein Freund hat mir leider nicht gesagt, wo er den Schlüssel für die Poller der Nebenstraße aufbewahrt. Können Sie mir aushelfen?«

Pater García Talavera sah ihn abschätzend an. Was er sah, fand seine Billigung: Der Mann schien ordentlich zu sein. »Aber natürlich, aber gerne«, antwortete er, drehte sich um und griff nach einem Spezialschlüssel, der am Schlüsselbrett neben der Tür hing.

Jordi hatte erreicht, was er wollte. Nun fuhr seine Rechte unter den Mantel und kam mit der Spritze hervor. Er stieß dem Priester, der sich gerade noch einmal umgewandt hatte, die spitze Nadel durch die Kleidung in das Gesäß und drückte das Betäubungsmittel mit dem Kolben aus der Ampulle.

Pater García quittierte dieses Tun mit einem erschrockenen »Oh«, drehte sich mit geweiteten Augen um und taumelte auf Serrat zu, denn das Medikament wirkte sofort. Der Priester machte nur einen halben Schritt, dann brach er bewusstlos zusammen.

Jordi Serrat schloss sogleich von innen die Wohnungstür. Sein Opfer war nach den Angaben der Medikamentenbeilage für kaum mehr als eine Stunde stillgestellt. Er durfte nicht trödeln! Also eilte er mit dem Spezialschlüssel hinunter, öffnete die Poller und fuhr seinen Wagen vor den Lieferanteneingang. Dann hastete er wieder nach oben zurück und fesselte den Priester.

Nun wanderte sein Blick durch den Raum. Er musste in die weiteren Zimmer gucken, um die Dinge zusammenzutragen, die er für den Pater mitnehmen wollte. Jordi Serrat wählte die erste Tür, die aus dem Raum führte und landete einen Volltreffer, denn sie führte ins Schlafzimmer. Dort öffnete er die Kleiderschranktüren, und bald hatte er einige Kleidungsstücke auf dem Bett ausgebreitet. »Die reichen für die nächsten Tage«, befand er. Im letzten Schrankfach fand er einen Koffer, in dem er alles problemlos verstauen konnte.

Nach kurzem Suchen fand er auch das Badezimmer. Dort füllte Jordi einen Kulturbeutel mit dem Nötigsten und vergaß auch die Tabletten nicht, die auf der Konsole lagen. Er inspizierte, um nichts zu vergessen, noch den letzten Raum. In einer Aktentasche im Wohnzimmer fand er eine gut gefüllte Brieftasche. Die Scheine verstaute er in seiner eigenen Tasche, denn schließlich wollte er für die Auslagen seines Logisgastes nicht selber aufkommen! Serrat rekapitulierte kurz, was er eingepackt hatte, und kam zum Schluss, dass für den erzwungenen Ausflug nichts fehlte. Nun wollte er nur noch weg!

Als erstes brachte er den Koffer hinunter und verstaute ihn neben dem Klosett im Kofferraum seines Wagens. Beim Einpacken kam ihm niemand in die Quere, das stimmte ihn optimistisch. Zum guten Schluss holte er den bewusstlosen Priester herunter. Für den Transport wickelte er ihn fest in eine Wolldecke. Sollte ihm jemand begegnen, wollte er vortäuschen, einen Schwerkranken ins Hospital zu bringen. Auch auf kleinere Einzelheiten achtete er: Pater Garcías Fesseln und Knebel durften beispielsweise unter der Decke nicht zu sehen sein!

Jordi Serrat hatte auch weiterhin Glück: Niemand war ihm begegnet, als er den Wagen wieder erreichte. Vorsichtig legte er den Bewusstlosen flach auf die Rückbank, so dass ihn von außen kaum jemand sehen konnte. Dann stieg er ein, warf den Motor an und fuhr über den Weg Richtung Mercedeswald ins Anaga-Gebirge hinauf. Alles lief wie am Schnürchen.

Während der Fahrt überlegte Serrat zum wiederholten Male, wie er mit dem Priester dort oben umgehen wollte. Sollte er seiner Wut und seinem Verdruss freien Lauf lassen? Nein, das wollte er nicht! Es sollte zwar eine leidenschaftliche Abrechnung werden, aber sie musste sachlich und mit kühlem Blut erfolgen. Jordi begann, die Vorwürfe gegen Pater García Talavera ein wenig zu strukturieren. Auf jeden Fall wollte er es besser machen, als es während der Podiumsdiskussion abgelaufen war. Am Anfang des Tribunals sollte eine Debatte über die erlittenen Misshandlungen stehen. Schritt für Schritt ging er noch einmal alle Argumente durch, die er vorbringen wollte.

Inzwischen war er auf der kurvenreichen Bergstraße angelangt und musste sich etwas mehr auf die Wegstrecke konzentrieren. Sein Regieplan stand inzwischen komplett vor seinem inneren Auge. Als er in der vertrauten Parkbucht ankam, war der Priester immer noch bewusstlos.

Serrat überlegte, ob er warten solle, bis Pater García Talavera aufwachte, damit er ihn nicht den Weg zum Höhlenhaus schleppen musste. Er entschied sich aber dagegen. Ihm schien es zu riskant, mit dem Betäubten hier an der Straße zu warten, bis dieser wach wurde. Wie der Zufall so spielte, konnte ein Wagen mit Wanderern vorbeikommen und seine »verbotene Fracht« entdecken. Jordi Serrat beschloss, den Priester zumindest bis in den zugewachsenen Waldweg zu tragen. Dort waren sie nicht mehr zu sehen.

Schon nach den ersten hundert Metern musste er erkennen, wie schwer ein bewusstloser menschlicher Körper war. Es war extrem mühsam, den Pater von der Stelle zu bewegen, besonders nachdem er in den Waldweg abgebogen war. Bei jedem Schritt fuhren ihm Zweige ins Gesicht, die er mit seinen Händen nicht abwehren konnte. Als einzige Schutzmaßnahme versuchte er, sein Gesicht nach unten zu senken und seine Schultern etwas nach vorne zu halten, um möglichst stromlinienförmig und unbeschadet durch das Buschwerk zu gleiten. Bald rann ihm vor Anstrengung der Schweiß in die Augen.

Nach etwa zehn Minuten merkte er, dass der Priester sich bewegte. Pater García kam wieder zu Bewusstsein. Jordi Serrat legte ihn auf dem Boden ab und wartete, bis er die Augen aufschlug.

Als der Pater das nach einigen Sekunden tat, sah er einen Mann vor sich, an den er sich schwach erinnerte. Er fragte verwirrt: »Wer sind Sie, wo bin ich?«

Jordi Serrat presste nur eine kurze Antwort hervor: »Sie machen jetzt erst einmal, was ich Ihnen sage. Zeit zum Reden haben wir nachher noch genug!«

Pater García sah ihn mit schreckgeweiteten Augen an. Er erkannte instinktiv, dass es seinem Gegenüber ernst war mit seinem Befehl, er senkte resigniert den Blick und fügte sich vorerst in sein Schicksal. Eigentlich entsprach dieses Verhalten gar nicht seiner herrischen Art, aber er war noch viel zu benommen, um sich zu wehren. Außerdem erschien ihm sein Gegenüber körperlich zu stark für eine erfolgversprechende Gegenwehr.

Der Priester versuchte abzuschätzen, wie lange er bewusstlos gewesen war, fand aber in seinem Hirn keinen Anhaltspunkt. Er beschloss deshalb einfach abzuwarten, was als nächstes geschehen würde. Die ungewohnte Macht- und Hilflosigkeit verwirrten ihn. Eine solche Notlage war ihm fremd, genauso wie der Umstand, dass er, zumindest für den Moment, der Unterlegene war.

Jordi Serrat zog den Priester auf die Füße, packte ihn fest am rechten Arm und führte ihn hinter sich her. Der Transport des Entführten war nun zwar viel einfacher als zuvor, stellte Serrat erleichtert fest, aber er war immer noch mühsam genug, denn der Geistliche taumelte nur sehr langsam und kraftlos hinter ihm her und brauchte bei jedem Schritt seine Stütze, denn die Sinne des Paters erwachten nur langsam. Es dauerte fast eine Stunde, bis die beiden das Höhlenhaus erreicht hatten.

Jordi Serrat öffnete das Vorhängeschloss an der Eingangstür, stieß die Tür auf und führte den hilflosen Mann ins Innere. Pater García hatte Serrats Tun so aufmerksam wie möglich verfolgt, doch nun konnten ihm seine Augen keinen großen Dienst mehr tun. Er fand sich plötzlich im Dunkeln wieder. Seine Hände waren immer noch auf den Rücken gebunden, und er konnte auch seinen Tastsinn nur eingeschränkt benutzen. Jordi Serrat führte ihn vor den Bettkasten und drückte ihn auf die Decke hinunter.

Nun saß der Priester an eine Wand gelehnt auf der

Bettstelle und versuchte, mit den gebundenen Händen so viel zu ertasten, wie er eben vermochte: Die Rückwand des Raumes bestand aus Rauputz, der Boden neben dem Nachtlager aus gestampfter Erde. Es musste eine recht primitive Unterkunft sein, in die man ihn da verschleppt hatte, kombinierte er aus den erfühlten Fakten und merkte, wie in ihm Ekel aufstieg. Die Luft im Raum roch erdig und feucht. Wo war er? Er kam sich vor, als wäre er in einer Höhle oder einer Gruft.

Jordi Serrat ließ ihm kaum Zeit, sich noch mehr zusammenzureimen. Er löste ihm die Fesseln, packte seinen rechten Arm und legte die Schelle der Eisenkette um sein Handgelenk. Dann schloss er die neue Fessel mit dem kleinen Vorhängeschloss um den Arm, bevor Pater García Talavera protestieren konnte.

Plötzlich öffnete sich mit leisem Quietschen, durch einen Windstoß bewegt, die Eingangstür, und für einen kurzen Augenblick fiel so viel Licht in den Raum, dass der Priester die Konturen seines Häschers nochmals erahnen konnte. Der Fremde hatte eine mittelgroße, stämmige Statur. Es war eindeutig der Mann, der an seiner Wohnungstür geklingelt hatte.

Die Tür schloss sich durch einen neuerlichen Windstoß wieder, und die Dunkelheit kehrte zurück. Doch nur für einen Moment, sodann streifte der helle Kegel einer Taschenlampe über das Gesicht des Priesters und machte ihn, jetzt mit seiner beißenden Helligkeit, blind.

Pater García Talavera wollte seine Hand dem gleißenden Licht abwehrend entgegenstrecken, doch das gelang ihm nicht. Dass sie gefesselt war und die Kette sich bei seiner Reaktion verfangen könnte, hatte er nicht bedacht.

Der Geistliche schloss seine Augen und versuchte, sich nun mit seinen anderen Sinnen zu behelfen.

Schritte entfernten sich von ihm, gingen in die Mitte des Raumes, mit ihnen wanderte der Lichtkegel einer grellen Taschenlampe. Nachdem sich der Pater an das helle Licht gewöhnt hatte, ließ der Schmerz in seinen Augen nach. Er konnte wieder ein wenig sehen. Er blinzelte einige Male, dann erfasste er das Geschehen im Raum, soweit dieser ausgeleuchtet war. Der Fremde hatte sich auf einen Tisch zubewegt, die Lampe auf der Tischplatte abgelegt und riss nun ein Streichholz an. Damit entzündete er eine Öllampe, die auf dem Tisch stand. Schwache Helligkeit waberte durch das Dunkel.

Jordi Serrat sah sich nur einmal gründlich um, bevor er die Lampe zum Erstaunen des Priesters wieder löschte. Serrat musste sich noch ein zweites Mal auf den Weg zu seinem Wagen machen, um den Koffer seines Gefangenen zu holen. Er verließ den Priester ohne ein Wort der Erklärung.

Pater García blieb völlig verdutzt in der Dunkelheit zurück und machte sich zum ersten Mal richtig Sorgen. Seine Ohren vernahmen plötzlich keinen menschlichen Laut mehr. Er schien ganz allein zu sein. Mit seinem rechten Knie stieß er an etwas Hartes, vielleicht ein Stuhlbein. Ein stechender Schmerz schoss durch seine Kniescheibe, und er stöhnte leise auf.

Pater García versuchte, sich auf sich selbst zu besinnen. Er versuchte, seine Fesseln zu lösen, doch die hielten stand. Der Fremde hatte sie fachmännisch angebracht.

Die Wegstrecke hin und zurück bewältigte Serrat bei weitem schneller als mit dem Priester zusammen. Als er wieder am Höhlenhaus ankam, entzündete er erneut die Petroleumlampe und holte die Sachen aus dem Koffer. Er verteilte sie, wie es ihm sinnvoll erschien, im Raum. Dabei achtete er darauf, dass der Pater an seiner Kette alles erreichen konnte.

Pater García reagierte auf die Rückkehr des Fremden verzögert. Wie geistesabwesend starrte er zunächst vor sich hin. Erst langsam fokussierte sein Blick den Kerkermeister. Bevor dieser wieder in einer dunklen Ecke des Raumes verschwand, sprach der Priester ihn von hinten an: »Wer sind Sie? Was wollen Sie von mir?«

Er stellte fast die gleichen Fragen wie zuvor. Jordis Schatten verharrte für einen Moment auf der Stelle, dann drehte er sich langsam um. »Früher hast du mich geduzt«, fuhr er sein Opfer rüde an. »Mich erinnert sogar dieser Raum an früher!«

Für den Priester sprach der Fremde in Rätseln. Er versuchte auf ein Neues, mehr zu erfahren: »Warum halten Sie mich gefangen? Was habe ich Ihnen getan? Was haben Sie mit mir vor?«, stieß er verängstigt hervor.

Der Unbekannte stapfte unberührt auf ihn zu und schwieg. Pater García Talavera kniff die Augen zusammen und konnte im schwachen Licht erkennen, dass der Mann etwa Mitte 30 sein musste. Sein Gesicht war ihm unbekannt.

»Sagt dir der Name Jordi Serrat etwas?«, schallte es ihm nun hart entgegen.

Der Pater dachte fieberhaft nach. »Nein«, musste er schließlich bekennen.

»Das habe ich mir gedacht. Wir waren alle Dreck für dich, nur Spielzeuge deiner Launen. Das wird sich nun ändern. Du wirst nie mehr vergessen, wer ich bin. Du wirst Rechenschaft ablegen für das, was du mir angetan hast. Täter bringen Opfer hervor, die wieder zu Tätern werden. Die Kette kann nur unterbrochen werden, wenn sich der Ersttäter seiner Schuld bewusst wird. Das erwarte ich von dir, denn ich möchte kein Täter werden! Wenn es wirklich einen Gott im Himmel gibt, wird er dir seinen Racheengel schicken. Noch ein Satz in deinem geliebten Latein: *Tute hoc intristi, tibi omne ex exedendum.* Du hast es angerührt, Du musst es auch aufessen!«

Jordi Serrat war über seinen Mut, so mit dem Priester zu reden, selbst überrascht, ja fast schon etwas erschrocken. Pater García blieb sprachlos, und so fuhr Serrat mit monotoner Stimme fort: »Nun, dann sollst du jetzt wissen, wer ich bin. Ich heiße Jordi Serrat und habe in Barcelona vor vielen Jahren unter dir als Schüler gelitten. Ich habe nichts vergessen, bei mir sind alle Grausamkeiten, die du mir angetan hast, tief im Gedächtnis eingebrannt.«

In Serrat wuchs die Angst vor seiner eigenen Courage, aber in seinem Kopf spielten die Szenen der Erinnerung Karussell und trieben ihn weiter an:

»Allabendlich zischte deine Weidenrute auf uns nieder. Manchmal mussten wir schon mittags wegen vermeintlicher ›Verfehlungen‹, zu denen auch schon das Bohren in der Nase zählte, vor deinem Prügelzimmer Schlange stehen. Dabei mussten wir Marienlieder singen, wie zum Hohn, in denen die Liebe, Güte und Gnade gepriesen wurde, die du uns verwehrtest. Alles wurde bestraft: Lachen, Weinen, ein Fünkchen Humor, falls noch vorhanden, selbst das Schließen von Freundschaften. Und immer wieder hieß es: Schweigen!

Du hast uns mit unsäglicher Angst in den Schlaf geschickt und dazu selbst unseren Glauben missbraucht! Durch die Drohung mit Gott versuchtest du, uns unter Kontrolle zu halten, auch unsere Gedanken und Gefühle. Und dann muss ich vor wenigen Tagen hören, dass du in La Laguna dem Verein ›Gestohlene Kindheit‹ vorstehst. Mir dreht sich der Magen um!« Nach diesem Wortschwall musste Jordi Serrat tief durchatmen.

Pater García Talavera fühlte sich von so vielen Vorwürfen überrollt, besann sich aber auf seine herrische Art. Der Alte schlug seinen gewohnt hochmütigen Ton an und antwortete Jord Serrat im Brustton der Überzeugung: »Dummes Zeug! Ich war ein guter Erzieher und habe nur alles zum Besten meiner Schüler getan. Kinder sind Tyrannen. Sie geben ihren Lehrern Widerworte, schlingen das Essen runter und treiben sie in den Wahnsinn. Wen kann es wundern, dass einem da auch schon mal die Hand ausrutscht?«

Pater García Talavera marterte nochmals sein Hirn, doch der Name Jordi Serrat sagte ihm nichts, und auch mit den pauschalen Vorwürfen seines Entführers konnte er nichts anfangen. Die vielen Jahre hatten diese Ereignisse verdrängt und die zurückliegende Zeit verklärt.

Jordi Serrat ließ ihn aber nicht lange darüber im Unklaren: »Dir verdanke ich, dass ich mich wie ein Gefangener fühlte, wie ein Sträfling, der mit allen erdenklichen Strafen gequält wurde, wie ein…«

»Das ist doch Quatsch«, wurde er rüde unterbrochen. »Ein Kind muss dankbar sein, wenn es von allen Seiten streng belehrt wird, es ist sogar abhängig davon, wenn es später die Herausforderungen des Lebens meistern will.

Da helfen keine Freiheiten und kein Spaß. Erst recht darf man die Zügel nicht schleifen lassen. Das Leben ist hart. Ich habe dich…«, er rutschte bewusst in das Du des Lehrer-Schüler-Verhältnisses, »…anscheinend nicht genug zusammengestutzt, sonst würdest du so dumme Sachen nicht behaupten! Du bist trotz meiner großen Anstrengungen bis heute nicht alltagstauglich geworden«, fuhr der Pater sein Gegenüber an. Er war mit seinen Argumenten allgemein geblieben, da er seinen Entführer immer noch nicht einordnen konnte.

»Ich fühle mich wie auf einer Safari durch den Lügenwald«, antwortete Jordi Serrat trotzig und betroffen durch die schroffen Worte des Priesters. »Haben denn Liebe, Lob und Heiterkeit gar keinen Platz in deinem Herzen?«, fragte er erschüttert.

»Wer einen Sumpf trocken legen muss, darf nicht die Frösche fragen, und ihr seid wahrlich ein Sumpf gewesen. Ich musste euch trockenlegen wie kleine Babys!«

»Ja, ja, du verklärst heute noch alles mit schwülstigen Phrasen. Mit Kerker, Rohrstock und Angst legt man keinen Sumpf trocken, schafft keine mündigen Menschen, und dabei habe ich dir bis jetzt noch nicht einmal das vorgeworfen, was mich am meisten zerstört hat«, setzte Jordi Serrat noch einmal zur Gegenwehr an.

Pater García Talavera blieb bei seinem arroganten Stil: »Ich weiß nicht, wovon du sprichst, aber offenbar willst du sogar die Weisheiten des großen Goethe bezweifeln:

›Wer nie sein Brot mit Tränen aß,
wer nie die kummervollen Nächte
auf seinem Bette weinend saß,
der kennt euch nicht, ihr himmlischen Mächte!‹

Und dafür, dass meine Sicht der Dinge richtig ist, gibt es noch andere gewichtige Belege. So hat der heilige Augustinus gesagt: ›Immer geht der höheren Freude der tiefste Schmerz voran!‹ Vielleicht kannst du nun wenigstens erahnen, warum ich euch nächtelang durchknieen und beten ließ?«

»Du bist immer noch genau so selbstgerecht wie früher. Vielleicht ist es besser, dich hier im Kerker schmoren zu lassen, wie du es so oft mit uns getan hast. Vielleicht kocht das deinen Hochmut endlich runter.«

Der Pater ging gar nicht auf Serrats Worte ein und fuhr ungerührt mit seiner Rechtfertigung fort: »In dir war der Satan, ich musste ihn austreiben!«

Jordi antwortete entrüstet: »Ja, ich habe deine Worte immer noch im Ohr: ›Nimm diese Strafe und tue Buße!‹ Albträume haben sie mir beschert. Zum Bettnässer bin ich geworden, später gar zum Alkoholiker.«

Pater García Talavera schüttelte missbilligend den Kopf: »In Gottes Augen warst du von Anfang an ein Mängelexemplar«, höhnte er. Dann entschied er sich dafür, dass es nun wohl besser war, zu schweigen.

Jordi Serrat verbuchte dieses Schweigen als kleinen Teilerfolg. Er war aber auch froh, das Rede-Duell auf diese Weise abbrechen zu können. Die Worte des Priesters hatten ihn hart getroffen!

Er erklärte seinem Gefangenen nun mit emotionsloser Stimme, wie es nach seiner Regie weitergehen sollte: »Ich habe dich ja bereits angekettet. Die Kette ist lang genug, dass du von der Matratze aus das Klo rechts neben dem Eingang erreichen kannst. Auch bis zum Tisch kommst du hin, dort steht Wasser und etwas zu essen. Rufen und

Schreien ist zwecklos, hier hört dich kein Mensch. Merke dir, wo alles steht, denn du musst im Dunklen warten, bis ich wiederkomme. Du kannst ja derweilen einige Paternoster beten«, fügte er trocken hinzu. »Ruf dir ruhig in Erinnerung, dass du bei weitem mehr Annehmlichkeiten hast als ich früher in deinem Karzer. Dort gab es nichts zu trinken oder zu essen, und mir blieb nur der blanke Boden als Lager.«

Der Priester zog wie früher blasiert die rechte Augenbraue hoch, bevor er seinem ehemaligen Schüler antwortete: »Alle Achtung, mein Sohn, ich habe dir wenigstens beigebracht, etwas zu organisieren.«

Er zeigte keine Angst, keine Verzweiflung. Diese übermenschliche Selbstsicherheit traf Jordi Serrat erneut tief! Wie diese elende Kreatur ihn immer noch erregen und beeindrucken konnte! Jordi meinte, vor Hass und Aufregung fast ersticken zu müssen. Nur schwer gelang es ihm, seine Wut zu beherrschen, aber um keinen Preis wollte er dem Wunsch erliegen, sein Opfer zu ohrfeigen oder in anderer Form körperlich abzustrafen.

Er griff stattdessen nach den Vorräten, schlitzte eine Dose Ravioli auf und erklärte dazu: »Die kann man auch kalt essen!« Den Öffner warf er zurück in die Lade und verließ schnell und grußlos den Raum, nachdem er die Öllampe ausgeblasen hatte. Dann hörte der Priester nur noch, wie sein Entführer den Schlüssel im Schloss herumdrehte…

Draußen sah sich Jordi Serrat vorsichtig um. Die Gegend war wie gewohnt menschenleer. Es gab keinerlei Anzeichen dafür, dass des Priesters Gefängnis entdeckt worden war. Kurz bevor er in seinen Wagen stieg, den er so weit wie möglich von der Straße entfernt im Gebüsch geparkt hatte, sah er zu dem bereits geröteten Abendhimmel empor. In weniger als einer Stunde würde der Mond über der Bergkette stehen und sie in sein magisches Licht tauchen. Dann würde es plötzlich wieder heller werden. Für die Rückfahrt nach Santa Cruz brauchte er nun allerdings das Licht seiner Scheinwerfer. Die Dämmerung war bereits fortgeschritten.

Jordi Serrat war äußerst aufgewühlt und voller Selbstzweifel. Es hatte zwar alles geklappt, doch er fühlte, dass nicht alles hundertprozentig nach Plan gelaufen war. Der Priester hatte weder Angst noch Reue gezeigt. Für alles hatte er eine Erklärung und Begründung gefunden. Der Alte zeigte keinerlei Schuldbewusstsein, dieser Mann war immer noch klug und gefährlich! Früher hatten ihm seine Macht und Strenge Angst eingeflößt, ihm aber auch Respekt abverlangt. Heute beeindruckte ihn immer noch die Selbstsicherheit, mit der dieser Mann seine Thesen vertrat. Serrat musste sich zerknirscht eingestehen, dass nach wie vor eine gehörige Portion Respekt mitschwang, wenn er an seinen ehemaligen Lehrer dachte. Wie würde das Ganze nur enden…?

Zu Hause machte er sich ein gebuttertes Weißbrot mit Sardinen und aß es schon fast wieder mit Genuss. Dazu trank er ein Glas *Tinto* und etwas Wasser.

Bei seinen Eintragungen ins Tagebuch sparte er viele Argumente des Priesters trotzig aus. Er wollte sich nicht noch einmal mit ihnen belasten. Instinktiv wusste er, dass das falsch war, aber er konnte nicht anders. Sein Therapeut hatte ihm klargemacht, dass er mit dem Schreiben seine quälenden Gefühle herauslassen musste, damit Ärger,

Wut und auch Frust nicht mehr länger in ihm rumorten. Diese Gefühle sollten stattdessen vor ihm in dem Büchlein liegen, damit der Prozess, sie zu verarbeiten, beschleunigt würde. Nun würden diese hässlichen Erlebnisse weiterhin in ihm arbeiten. Es zeigte sich, dass der Therapeut Recht hatte. Jordi Serrat bewegte die hässlichen Erlebnisse ungewollt und quälend weiter in seinen Gedanken.

Zum Abschluss des Abends brühte er sich in einer zierlichen Porzellantasse einen kleinen Espresso auf. Den nahm er gern vor dem Schlafengehen, denn er half ihm normalerweise beim Einschlafen. Heute funktionierte das Hausmittel jedoch nicht. Er schlief schlecht und hatte schreckliche Träume. Sie kreisten um das heute Erlebte und um die sexuellen Übergriffe. Mit diesem Vorwurf, Missbrauch, wollte er seinen Gefangenen am nächsten Tag konfrontieren.

Als Jordi Serrat endlich wieder ganz wach war und sich erschlagen und völlig erschöpft im Bett wälzte, stand ihm eine Szene von früher wie ein detailgetreues Foto vor Augen:

An manchen Abenden war Pater García Talavera anders gewesen als sonst. Er kam dann im Halbdunkel leise in den Schlafraum und wandte sich einzelnen Schülern zu, so auch ihm. Dann kniete er sich vor das Bett. Seine Stimme wurde samtweich, als er zu sprechen begann, »so als hätte er Kreide gefressen, wie der Wolf bei den sieben Geißlein«, spöttelten die Jungen später, wenn sie untereinander heimlich darüber tuschelten.

Jordi erinnerte sich noch genau an die öligen Monologe, die der Geistliche dann hielt: »Junge, alles, was ich tue, ist zu deinem Besten.« Dabei war des Paters knochige, kalte Hand unter seine Bettdecke geglitten und hatte seinen Penis umschlossen. Beim ersten Mal war Jordi nur erschrocken gewesen. Später war Scham hinzugekommen, denn sein Glied hatte sich unter dem Druck der Hand seines Lehrers versteift. »Sieh zu, dass dieses wichtige Teil deiner Männlichkeit nie beschmutzt wird, nie durch ein sündiges Weib. Erinnere dich immer an die Worte des großen Papstes Pius II.: ›Wenn du eine Frau siehst, denke, es sei der Teufel! Sie ist eine Art Hölle!‹«

Er hörte, dass der Atem des Priesters erregter und stoßartig ging, doch damit nicht genug, der Pater ergriff seine Hand und führte sie in seinen eigenen offenen Hosenschlitz an sein eigenes schlaffes Glied. »Merke dir, Junge, so fühlt sich eine Männlichkeit an, die nie mit Weibern gesündigt hat. Fühle ruhig fester, du sollst es dir genau merken.« Bei diesen Worten kam es auch bei dem Priester langsam aber sicher zu einer Erektion.

Jordi drückte den Penis nach dessen Anweisungen längere Zeit weiter, bis ihm schließlich der klebrige Erguss seines Lehrers zwischen die Finger lief. Der Geistliche stöhnte kurz auf und flüsterte nun mit bedrohlicher Stimme in das Ohr seines Schülers: »Das Fleisch gewordene Wort Jesu befiehlt dir, alles zu erfüllen, was ich von dir verlange. Je mehr du zögerst, das zu tun, desto größer wird von Tag zu Tag deine Strafe werden!« Der Priester war dann lautlos gegangen, so wie er gekommen war.

Serrat zog nun im Wachzustand Folgerungen aus diesem Traumbild. Die ekelhaften Berührungen und die Befehle seines Lehrers, die er viele Male erhalten und erlitten hatte, standen bis heute wie eine Betonwand vor einer Beziehung zwischen ihm und einer Frau. Er fühlte sich blockiert und empfand sich als anormal. Sein ganzes Leben hatte Schaden genommen. Mit diesen Vorwürfen wollte er den Priester heute konfrontieren. Würde wenigstens diese Karte stechen?

11

Jordi Serrat stand früher auf als gewohnt, obwohl er sich nach dieser aufgewühlten Nacht wie gerädert fühlte. Aber er wollte den Tag früh beginnen und zum Pater hinauf ins Höhlenhaus fahren. Er frühstückte lustlos eine Scheibe Weißbrot mit Marmelade und trank schwarzen Kaffee dazu.

Dabei überlegte er, ob er noch etwas für seinen Gefangenen besorgen müsse. Er beschloss, einen weiteren Wassertank zu kaufen. Der konnte notfalls auch als Vorrat dienen. Der Supermarkt lag direkt neben seiner Garage, und so musste er den Kanister wenigstens hier unten nicht weit schleppen.

Jordi verstaute den Wassertank im Kofferraum, setzte sich ans Steuer und fuhr Richtung Hafenpromenade, weiter auf der Uferstraße nach San Andrés, dort bog er auf die Carretera Taganana TF-12. Von den grünen Bergspitzen des Anaga-Gebirges flankiert, ging es nun ständig bergauf. Er kurvte gedankenverloren durch die Serpentinen, trat Gas- und Bremspedal im Wechsel. Plötzlich wurde er von einer Ziegenherde aufgehalten. Nun musste er sich in Geduld üben.

Die Tiere trotteten unruhig über die Straße und versperrten die Fahrbahn. Jordi versuchte es mit Hupen, doch das führte nur dazu, dass einzelne Böcke mit ihren Zickzacksprüngen seinem Wagen gefährlich nahe kamen. Außerdem winkte ihm der Schäfer vom Straßenrand wütend zu, und der Hütehund bellte ihn laut an. Nach gut zwanzig Minuten trieb der Schafhirt die Herde seitwärts in die Büsche, Jordi Serrat hatte endlich wieder freie Bahn.

In der Zwischenzeit hatte er sich ausgemalt, wie sein zweites Gespräch mit dem Priester verlaufen würde. Heute wollte er endlich seine Überheblichkeit brechen! Spontan musste er an die Geschichte von David und Goliath denken. Demnach müsste ihm, dem Schwächeren, heute göttlicher Beistand erwachsen. Er betete für sich, dass er heute den selbstverliebten Goliath besiegen würde!

Die kanarischen Kiefern am Straßenrand wurden umso seltener, je höher Serrat kam. Diese endemische Pflanzenspezies *Pinus Canariensis* spielte eine sehr wichtige Rolle im Ökosystem der Insel. Sie nahm Feuchtigkeit nicht nur über ihre Wurzeln aus dem Erdreich auf, sondern konnte über ihre Nadeln die Wolken, die in diesen Höhenlagen oft in den Wäldern hingen, regelrecht »auskämmen«. Heute Morgen war die Luftfeuchtigkeit anscheinend so hoch gewesen, dass der Straßenbelag in den schattigen Kurven nass und rutschig geblieben war. Jordi musste sich schon deshalb auf das Fahren konzentrieren, hörte aber nicht auf, über sein Vorhaben zu grübeln. Zu wichtig war ihm das heutige Zusammentreffen mit seinem früheren Erzieher.

Ein leises Klatschen ließ ihn aus seinen Gedanken aufschrecken. Im Schneckentempo verteilte sich von links oben ein Vogelschiss über die Windschutzscheibe in seinem Sichtfeld. »Weiß-grau wie die Anaga-Taube selbst«, dachte er angeekelt. Er konnte wirklich nicht verstehen, was die Touristen an diesen Viechern so besonders fanden. Sie hatten giftige Augen und machten furchtbar viel Dreck. Er betätigte den Wasserhebel und die Scheibenwischer. Schnell musste er erkennen, dass dies ein Fehler gewesen war: Das alte Gummi des Wischers reinigte nichts, sondern verteilte den Fleck nur in Schlieren über die gesamte Sichtfläche. »Verteilte Freude ist doppelte Freude«, sarkastisch wandelte er das bekannte Sprichwort ab.

Schließlich erreichte Jordi Serrat die Parkbucht und das Höhlenhaus.

Er trat grußlos ein und machte Licht. Dabei ließ er die Tür offenstehen, um frische Luft in den Raum zu lassen, denn im Inneren roch es verbraucht und stickig. Er sah zu seinem Gefangenen hin und registrierte, dass der Priester sich nicht hatte gehen lassen. Er hatte frische Kleidung an, war sauber rasiert und wirkte wie aus dem Ei gepellt. Das Gefühl des Eingesperrtseins war anscheinend von ihm abgeperlt.

Der Pater saß stumm in der Ecke und sah seinen ehemaligen Schüler vorwurfsvoll an. Dabei hob er wieder arrogant seine rechte Augenbraue. Diese Art zu gucken hatte Jordi schon als Schüler gehasst, aber auch beunruhigt. Auch heute verspürte er wieder ähnliche Regungen.

Seine Schmutzwäsche hatte der Priester provokativ an einem der Tischbeine aufgehäufelt. Ein Blick zum Wasserkanister zeigte Jordi Serrat, dass der Pater das wertvolle Nass wahrscheinlich auch für die Morgenwäsche benutzt hatte. Der Kanister war leer. Er rügte ihn zur Einstimmung auf das kommende Streitgespräch:

»Zum Waschen hast du gefälligst das Wasser aus der Zisterne zu benutzen. Ich habe keine Lust, täglich einen Kanister Trinkwasser herbeizuschleppen. Wenn dir das nicht passt, dann schiebst du eben Durst. Das hast du früher auch von uns verlangt.«

Pater García Talavera schaute ihn beleidigt an und gab keine Antwort.

»Schweigen als Bestrafung, dieses Mal etwas anders«, dachte Jordi Serrat voll böser Erinnerungen.

Doch dann schoss der Geistliche giftige Blicke zu ihm hin und sagte: »Ich glaube, jetzt kann ich mich an dich erinnern! Es dürfte vor ungefähr 25 Jahren gewesen sein, dass du in meine Schule gekommen bist. Du warst ein kleiner, spilleriger Junge, dessen Gesicht nur aus Augen bestand.«

Jordi Serrat errötete vor Scham und Ärger. Er war froh, dass der Priester dies in dem schummrigen Licht der Öllampe nicht sehen konnte.

»Du hast sogar ohne Schulgeld bei uns gelernt. Du hattest auf Antrag eures Dorfpfarrers ein Stipendium erhalten, aber du hast es uns nicht gedankt. Ich selbst habe dich mit einem obszönen Bild in der Schulbank erwischt.«

Jordi fuhr entrüstet hoch: »Aber das gehörte doch nicht mir«, schrie er.

Pater García sprach unbeirrt weiter: »Also bist du wirklich der, den ich zu fassen bekam, und du streitest nicht einmal ab, dass du das schmutzige Bild in den Händen hieltest.«

Jordi Serrat widersprach heftig: »Das Bild war in der Klasse herumgereicht worden, ich wusste weder, von wem es kam, noch was darauf zu sehen war, als du es mir aus der Hand genommen hast.«

»Du bist immer noch ein Feigling, ganz wie früher, und stehst nicht zu dem, was du angestellt hast. Schäme dich!«

Die Worte des Priesters trafen Jordi Serrat wie damals seine Rutenschläge. Er fühlte sich gegenüber diesem selbstherrlichen Ungetüm wie ein schutzloser Wurm vor einem Hühnerschnabel. Auch heute lief wieder alles anders, als er es sich vorgestellt hatte! Es dauerte einige Zeit, bis Jordi sich beruhigte, dann erwiderte er:

»Das Leben wird vorwärts gelebt und rückwärts verstanden. Ich habe inzwischen verstanden. Ich verstehe jetzt, wie du tickst. Du gibst dich wortgewaltig und machst alles klein und schlecht, damit du es beherrschen kannst. So erzeugst du Unterwürfigkeit, stromlinienförmige Charaktere! Wie sollen so Vorbilder entstehen, die du mit deiner Erziehung angeblich heranbilden willst?«

»Du denkst zu kurz«, kam es von García Talavera zurück. »Strenge und Strafe stählen, sie machen stark. Man muss sich an ihnen reiben, um daran zu wachsen. Wie, meinst du, bin ich so geworden, wie ich bin? Auf jeden Fall bin ich nicht stromlinienförmig«, höhnte er voller Überzeugung zurück.

Jordi Serrat drohten schon wieder die Gegenargumente auszugehen. Dabei hatte er sie doch so viele Male immer wieder überdacht und aufgezählt. War er etwa die ganze Zeit auf dem Holzweg gewesen?

Dann sah er den großen, auffälligen Ring am Finger des Priesters. Was er kürzlich darüber gelesen hatte, kam ihm in den Sinn: Ein solcher Ring soll Stärke demonstrieren. Pater García Talavera griff also zu Hilfsmitteln, um sich zu beweisen, um stärker zu wirken, als er in Wirklichkeit war. Diese Erkenntnis machte Jordi Serrat Mut. Die verdammte Stärke des Priesters, die schuld an den Narben auf seiner Seele war, war vielleicht gar nicht so gewaltig. Er konnte sie vielleicht doch brechen!

Dann verließ ihn wieder der Mut. Er hatte ebenfalls gelesen, dass die Hände eines Menschen viel über dessen Eigenschaften aussagten. Da hatte er selbst nicht viel zu bieten: Seine Hände waren blass, und sein Händedruck war schlaff, die Fingernägel zeugten von Zink- und Eisenmangel. Alle diese Merkmale standen mitnichten für die Energie, Vitalität und Selbstsicherheit, die er heute so dringend brauchte. Wie sollte er da den Pater das Fürchten lehren?

»Ich bin schließlich durch dessen harte Schule gegangen. Das wird mir helfen«, ermutigte er sich wieder und kam endlich auf das Thema zu sprechen, das den Priester in die Knie zwingen sollte: »Ich möchte mit dir über sexuellen Missbrauch reden, Unzucht mit Minderjährigen. Du hast mir als Schüler deine fleischlichen Aufmerksamkeiten regelrecht aufgezwungen«, begann er das Tribunal, um feste Stimme bemüht.

Für einen nicht enden wollenden Moment schwieg der Priester. Dann drehte er sich um und sagte leise und sehr langsam: »Wenn du wirklich etwas Gewichtiges zu sagen hättest, hättest du längst Strafanzeige gestellt. Hindern dich vielleicht persönliche Gründe daran? Du rührst in deiner verquerten Sicht Dinge auf, die du lieber ruhen lassen solltest!«

Jordi Serrat fuhr ihn wütend an: »Ich weiß genau, was es hieße, dich vor öffentliche Gerichte zu zerren. Es wäre für mich seelisch und körperlich eine Qual, vor immer neuen Experten, Gutachtern, Therapeuten, Richtern und Anwälten all diese ekelhaften Übergriffe zu wiederholen, die ich eigentlich überwinden und vergessen will. Das Verfahren ginge dann noch über die Instanzen. Solche wie du haben ja schließlich Rechte und nutzen sie auch! Ich würde über Jahre hinweg leiden wie ein geprügelter Hund. Sei also nicht vorschnell! Mich halten nur diese persönlichen Gründe davon ab, aber ich möchte trotzdem die Vergangenheit bereinigen und zwar ganz, wie im Alten Testament: Auge um Auge, Zahn um Zahn! Auch das Neue Testament liefert mir gute Gründe dazu. Du kennst mit Sicherheit die Worte des Apostel Paulus: ›Wenn wir behaupten, ohne Sünde zu sein, betrügen wir uns selbst, und die Wahrheit ist nicht in uns. Wenn wir unsere Sünden bekennen, wird der Herr sie treu und gerecht vergeben und uns von allem Unrecht reinwaschen.‹ Dieses Bekenntnis sollst du heute ablegen. Eine Reinigung deiner schmutzigen Seele bringt mir hoffentlich endlich Befreiung von meinen dauernden Albträumen und einen Neubeginn!«

Jordi Serrat hielt dem Priester seine Schuld vor Augen: »Jede Minute des Tages wurden wir von dir überwacht, auch während des Entkleidens zur Nacht. Jede Schamgrenze hast du dabei verletzt, wie zur Ablenkung mit Schlüsselbund oder Rosenkranz gespielt und dabei wollüstig unsere jungen Körper fixiert. Hast gern darüber referiert, wie man sich ›unten rein wäscht‹, hast es auch genüsslich und besonders oft bei mir kontrolliert. Hast dabei deine ekelhaften, sündigen Hände benutzt…«

Pater García Talavera zeigte sich entrüstet: »Ihr wart meine Schutzbefohlenen, meine Fürsorgekinder! Was du so böse beschreibst, waren lediglich Zeichen meiner Liebe und Fürsorge. Gerade deiner habe ich mich besonders angenommen. Du hast sehr früh dein Elternhaus verlassen, hast dich oft danach gesehnt, geliebt und beschützt zu werden, und warst umso trauriger, als es nie geschah. Du bist immer allein geblieben, und nur darum habe ich dir meine Liebe geschenkt. Aber du bist offenbar ein »Ichling«. Eine Nabelschau aus falschem Blickwinkel, wie du sie mit dir betreibst, wird dich nie mit dir selbst ins Reine bringen.«

Jordi Serrat war über diese Erwiderung erschüttert. Es war, als hätte ihm jemand wüst in seinem Mageninhalt herumgerührt. Halbverdautes Essen stieg ihm die Speiseröhre hinauf, er musste es mit großer Anstrengung wieder herunterschlucken, um sich nicht zu erbrechen.

»Das stimmt nicht, was du da sagst! Wie kannst du nur alles so verdrehen?! Unser Bedarf an Liebe wurde von dir sogar jäh zurückgewiesen, wenn überhaupt jemand von uns wagte, sie bei dir zu suchen. Du hast mit Terror, Angst und Schrecken geherrscht und nur verzweifeltes Schweigen erzeugt. Und geschwiegen habe auch ich, sehr lange sogar! Jetzt, Jahre nach diesem Inferno, verlange ich ein offenes Gespräch, eine Erklärung, eine Entschuldigung! Aber immer noch fühlt sich der Kirchenmann im Recht, leugnet und ignoriert seine Vergehen und hofft, dieser Kelch möge an ihm vorübergehen. Dieses Mal werde ich das nicht zulassen!«

Der Priester schwieg für längere Zeit. Die Pause zwischen seinen Antworten war jedoch kein Zeichen von Einschüchterung oder Unsicherheit, sie diente vielmehr dazu, bedrohlich zu wirken.

Jordi Serrat wurde durch das auf ihm lastende Schweigen tatsächlich verunsichert. Ihm fiel nichts anderes ein, als seine Vorwürfe mit weiteren Beispielen zu belegen:

»Was du Liebe nennst, hat mich krank gemacht. Plötzlich waren deine Hände unter meiner Bettdecke, fuhren über meinen Körper, meinen Bauch, meine Hüften. Du tatest es schweigend, ohne Erklärung. Eine Hand fuhr bis zu meinem Penis hinab, begann zu massieren. Ich lag wie tot da. Was tut er da? Was macht er mit mir? Warum berührt er mich dort? Was will er damit erreichen? Ich war nur entsetzt. Die ganze Zeit hatte mich eine gigantische Angst im Griff, und ich war unfähig, mich zu bewegen. Voller Scham dachte ich nur, dass nie jemand erfahren dürfe, was ich gerade erlebte. Das darf nie jemand erfahren, sagte ich mir immer wieder!«

»Du bist wirklich immer noch ein dummes Kind«, sagte der Priester mit leiser Stimme. »Was ich tat, waren Gesten der Liebe. Die konnte dir, so ganz ohne Sünde, nur ein Mann bieten. Sündige Liebe und Triebhaftigkeit sind nämlich nach den weisen Worten vieler Kirchengelehrter dem weiblichen Geschlecht innewohnend!«

Von Pater García ging bei diesen Worten ein unheilvoller Zauber aus, mit solch eindringlicher Stimme sprach er. Er herrschte, hier im Verlies wie früher im Internat, wie die Spinne in ihrem Netz, und Jordi Serrat war wieder zur Fliege, zum Opfer geworden. Jordi fühlte sich in die Defensive gedrängt. Er war völlig hilflos. So hatte er sich den Gesprächsverlauf nicht vorgestellt! Dachte er wirklich wie ein dummes Kind? Lag er wirklich mit allem falsch?

Er suchte in einer Unterbrechung ihres Disputs Zeit zum Nachdenken.

»Ich werde dir jetzt auf dem Herd ein Essen warm machen. Wir brauchen eine Pause, eine Denkpause. Vielleicht machst du mich danach ja nicht mehr nur klein, sondern hast ein Einsehen und erkennst deine Schuld«, erklärte er dazu.

Der Priester merkte mit dem Instinkt des Sieggewohnten, dass er wie früher Gewalt über seinen Schüler gewonnen hatte. Sofort fand er grausames Vergnügen an der Situation und wartete neugierig darauf, was nun geschehen würde.

Jordi ging an den Gaskocher und setzte in einem Aluminiumtopf ein chinesisches Fertiggericht auf. Als es warm genug war, schüttete er es in eine Schale und reichte es dem Priester zusammen mit einem Suppenlöffel.

Ihm selber war das unerfreuliche Gespräch so auf den Magen geschlagen, dass er keinen Hunger verspürte. Er wollte nichts essen und sah dem Pater nur vorwurfsvoll zu. Als der nicht reagierte, sondern nur aß, ging Serrat durch die Tür hinaus ins Freie. Er musste allein sein, an der frischen Luft, er musste nachdenken!

»Ich war dir immer ein Vater, ein strenger zwar, aber ein liebender. Dafür bist du mir Gehorsam und Dank schuldig«, rief der Pater ihm mit vollem Mund hinterher. Der ließ es sich schmecken.

In Jordi Serrat stieg eine unbeschreibliche Wut auf. Er verspürte den Wunsch, diesen Menschen zu schlagen, ja, er dachte sogar daran, ihn zu töten. Doch dann kamen ihm wieder die Zweifel des Schwachen. War er wirklich wie sein Kind gewesen? Dann galt Gottes Gebot, dem Vater zu gehorchen! Jordi atmete tief durch. Er fand keine überzeugende Antwort auf diese Frage. Gott ließ ihn allein, war er zornig auf ihn?

Einen Pfeil hatte er noch im Köcher: Er wollte Pater García Talavera damit konfrontieren, wie sehr er sein Verhältnis zu den Frauen zerstört hatte. Aber wahrscheinlich hatte der Priester auch darauf wieder eine Antwort parat...

Als Jordi Serrat zurück in den Raum trat, sah er, dass der Priester sein Mittagsmahl beendet hatte. Die Schüssel stand leer zu dessen Füßen. »Dem schlägt rein gar nichts auf den Magen«, dachte er verbittert. Diese Erkenntnis machte ihn ärgerlich und bereit für einen neuen Schlagabtausch:

»Weißt du überhaupt, dass du mich mit deiner sogenannten Liebe für die Liebe zwischen Mann und Frau total unbrauchbar gemacht hast? Dabei ist sie doch die einzig natürliche auf der Welt, die uns Kinder schenken kann und damit ein Weiterleben in der Nachwelt. Noch heute klingt mir dein Satz wie Donnerhall in den Ohren und wird zu einer Schranke zwischen mir und den Frauen: ›Wenn du eine Frau siehst, denke, es sei der Teufel! Sie ist eine Art Hölle!‹«

»Dein Gedächtnis ist gut, mein Sohn«, fuhr ihm Pater García ins Wort. »Du hast dir wirklich etwas sehr Wesentliches und Richtiges gemerkt. Du musst dafür nicht immer diesen Satz wiederholen. Aber merke dir: Triebhaftigkeit und Wollust müssen abgetötet werden! Frauen sind nichts anderes als Schimären. Zerrbilder einer Erwachsenenwelt, die aus der Hölle zu uns kommen. Dorthin müssen sie wieder verschwinden!«

Jordi Serrat antwortete spitz: »Dein Denken passt in unsere Zeit: Bier ohne Alkohol, Kaffee ohne Koffein, Fleisch ohne Fett, Margarine ohne Cholesterin, Liebe ohne Frau eben!«

»Du hast Recht, alles was dabei entfällt, ist Gift«, antwortete der Pater schlagfertig.

Jordi Serrat hatte versucht, mit einer Spitze dagegen anzukämpfen, dass der Priester mit seiner unnachahmlichen Wortgewandtheit die Oberhand behielt. Aber er erkannte, dass dieser Kampf aussichtslos war. Manche Menschen waren eben dazu geboren, zu siegen, und hatten eine unbezwingbare Autorität. Pater García Talavera gehörte dazu.

»Und ich bin ein Verlierer«, dachte Jordi Serrat resignierend. Er kämpfte nicht mehr gegen seinen Unterdrücker an, sondern begann, mutlos seine eigenen Schwächen zu analysieren: »Ich spüre in mir eine tiefe Leidensbereitschaft und Unterwürfigkeit. Ich hasse diesen Priester zwar, werde aber auch von ihm gefesselt. Ich fühle Angst, aber auch Faszination, wenn ich mit ihm zusammen bin.« Jordi war so verzweifelt und erschöpft, dass er beschloss, den Disput für heute zu beenden. »Ich habe keine Punkte gesammelt«, dachte er. »Mein Seelenfrieden ist ferner denn je.«

Der Priester merkte, dass er sein Gegenüber erschüttert hatte. Serrat hatte unter seinen Argumenten aufgegeben. »Touché«, griente der Pater selbstgefällig.

Im selben Atemzug beschloss er, Jordis schwachen Moment auszunutzen. Er lobte sich im Stillen für seine Fähigkeit, die Schwäche der anderen stets für sich zu erkennen. Sein ganzes Leben basierte auf einem festen Gerüst von Lebensweisheiten. Die wichtigste darunter war: Wo ich bin, ist oben! Dafür galt es, alles zu tun, egal ob gut oder böse.

Pater García Talavera war vor Jahren die Schilddrüse entfernt worden, und so war es lebenswichtig für ihn, dass er über entsprechende Tabletten verfügte. Er bat deshalb nun widerwillig seinen Schüler, ihm die zu besorgen.

Jordi Serrat erkannte, dass nun er auf einmal gebraucht wurde, und gewann wieder etwas Oberwasser. »Aha«, giftete er den Priester an. »Das ist also deine Methode, dich mit Betteln aus einer misslichen Lage fortzustehlen. Vergiss es! Mit dieser Masche kommst du mir nicht davon. Sieh es als Strafe an, dass du ohne Tabletten bist!«

»Das ist kein Betteln, das ist ein Muss«, kam es mit ungewohnt weicher Stimme zurück. Der Priester versuchte, seinen Schüler mit weiteren Erklärungen davon zu überzeugen, dass er die Tabletten zum Überleben brauchte: »Vor einigen Jahren entdeckte man bei jährlichen Routineuntersuchungen, dass sich an meiner Schilddrüse ein nach innen wachsender Kropf gebildet hatte, der schon auf die Luftröhre drückte und sie verbog. Der Kropf musste heraus. Man entfernte dabei die gesamte Schilddrüse, und seitdem benötige ich das Schilddrüsenhormon in Medikamentenform. Das ist für mich lebenswichtig. Wenn du das nicht glaubst, wirst du bald vom Entführer zum Mörder werden. Und mit deinem Rachefeldzug wird es dann eh nichts«, setzte Pater García Talavera mit einem bitteren Lächeln hinzu.

Seine Stimme war wieder hart geworden. Das machte Jordi Serrat fast rasend, und er hatte in seiner Wut nur einen schneidenden Satz für ihn übrig:

»So schnell lässt Gott dich nicht sterben, er wird dich in deinen Sünden noch eine ganze Weile schmoren lassen. So schnell wird man nicht zum Mörder. Denk darüber nach. Ich lasse dich für heute allein.«

Dann räumte er das Essgeschirr weg, spülte es, trug den leeren Wasserkanister vor das Haus und löschte das Licht. »Nun hast du viel Zeit zum Nachdenken«, brummte Jordi böse. Dann ging er grußlos fort.

Die Begegnung hatte ihn fürchterlich angestrengt. Die Streitgespräche mit seinem früheren Lehrer konnte er kaum noch ertragen. Vom simplen Rachenehmen war er inzwischen weit entfernt. Nun ging es nur mehr darum, wessen Argumente die überzeugenderen waren. Er war sich da längst nicht mehr sicher. Auf jeden Fall hatte er sein Ziel nicht erreicht, sondern stand wieder fest unter der Regie seines Lehrers. Brauchte er doch eine strenge Hand, einen starken Herrn, der ihn führte? Seine Gedanken gingen mit einem Mal höchst verschlungene Wege, und er kam zu dem Schluss, dass es sein innerer Antrieb sein musste, sich von einem solchen »Herrn« zu lösen.

Er konnte das nach eigener Einschätzung nur, wenn er konsequent umsetzte, was er als richtig erkannt hatte, selbst wenn es von seinem Lehrer kam. Er durfte nicht mehr über seine Vergangenheit lamentieren. Er wollte nicht mehr nur erdulden. Er wollte das Zepter in die Hand nehmen! Pater Garcías Vorstellungen sollten der Welt durch Jordis Willenskraft übermittelt werden, selbst wenn er vom Täter zum Opfer werden musste!

Der Schlüsselsatz des Priesters über die Frauen und das heutige Gespräch waren für ihn zu einer Initialzündung geworden, sich umzubesinnen. Er würde den großen Makel des weiblichen Geschlechts ausradieren, Sünde vernichten! Erst wenn er das vollbracht hatte, konnte er dem Pater auf Augenhöhe ins Gesicht schauen…

Jordi Serrat war so mit diesen Gedanken beschäftigt, dass er völlig achtlos durch das Buschwerk lief und nicht merkte, wie ihm die harten Zweige durch das Gesicht fuhren und blutige Kratzer hinterließen.

Unten in San Andrés entsorgte er an gewohnter Stelle den leeren Wassertank, und wieder blieb er nicht unbeobachtet.

Als er zu Hause ankam, hatte er die Grundzüge eines Plans entwickelt, den er nun umsetzen wollte. Er wusste genau, was er zu tun hatte und dass es am nächsten Tag schon geschehen sollte. Eine sündige Frau musste zur Leiche werden!

»Achte auf deinen inneren Kompass und handele danach.« Dieses Motto kam ihm in den Sinn und bekräftigte seinen Entschluss: Pater García hatte ihm Härte gegen sich selbst verordnet. Seine Vergangenheit war wieder zur Gegenwart geworden! Doch einiges sah Jordi Serrat inzwischen in anderem Licht…

Daheim schob er eine Pizza in den Ofen, schnitt sie in mundgerechte Teile und gabelte sie eilig nacheinander auf. Er schluckte schnell, ohne zu kauen, als folgte er auch dabei einem inneren Befehl.

Diesen Abend fand er keine Ruhe, sich seinem Tagebuch anzuvertrauen. Ihn trieben viel wichtigere Dinge um. Er warf seinen Computer an und klickte den Internetbrowser an. In der Suchmaschine tippte er »Papst Pius II Frauen« ein und drückte auf »Suche starten«. Bald baute sich eine Seite mit mehreren Textangeboten auf. Er wählte eins aus, das ihm geeignet erschien. Als der Text auf dem Bildschirm erschien, begann er, ihn konzentriert zu lesen.

Pater García hatte die Denkweise des berühmten Papstes trefflich beschrieben. Serrat fand den vom Pater so oft zitierten Satz und sah auch bestätigt, wie streng und frauenfeindlich die Kirchen-Lehre gewesen war. Jordi Serrat sah seinen Entschluss bestätigt. Er sah alles genauso und fühlte sich in diesem Kreis mit einem Mal wie zu Hause…

Die Nacht verbrachte er weitgehend schlaflos. Zu sehr beschäftigte ihn sein Vorhaben für den nächsten Tag. Am Morgen erhob er sich früher als gewöhnlich. Er fühlte sich gerädert, war aber dennoch voller Tatendrang.

12

Pater García Talavera war froh, wieder alleine zu sein. Das stundenlange Streitgespräch hatte auch ihn sehr angestrengt. Er hatte zwar keinerlei Schuldgefühle entwickelt, aber der Dauerbeschuss mit Vorwürfen hatte ihn genervt. Hoffentlich kam dieser Jordi Serrat nun zu Sinnen, nachdem er sich alles von der Seele geredet hatte.

Der Priester wollte hier weg, und er musste es auch, schon aus medizinischen Gründen. Er hatte Serrat bewusst verschwiegen, dass er in seinem Kulturbeutel noch einige seiner lebenswichtigen Tabletten hatte. Mit dieser geheimen Ration wollte er auf der sicheren Seite sein. Sein Entführer hatte davon entweder nichts gewusst, oder er hatte sein Wissen zurückgehalten. Jetzt, als der Priester wieder allein war, wollte er seine Medizin zu sich nehmen. Er hatte sowieso in der Aufregung einen Tag ausgesetzt und vergessen, gestern eine Tablette zu schlucken. Das war schon schlimm genug und würde ihn aus dem Tritt bringen.

Der Kulturbeutel stand vor der Matratze direkt zu seinen Füßen. Nach kurzem Suchen in den verschiedenen Taschen klaubte er den einzigen schmalen Streifen heraus, in dem noch vier Tabletten eingeschweißt waren. Er machte sich in der Dunkelheit langsam und tastend auf den Weg zum Spülbecken, in dem ein Glas stand und daneben der Wasserkanister. Die Kette an seinem Arm rasselte mit jedem Schritt und ärgerte ihn zunehmend.

Am Becken angekommen und mit dem Tablettenstreifen zwischen den Fingern, versuchte er, nach dem Glas zu greifen. Da verhakte sich die Kette am Rand der Spüle, und unwillkürlich ließ er die Tabletten los, um den Druck der Kette zu mindern. Pater García hörte ein merkwürdiges Geräusch, als der Streifen fiel. Der Tablettenstreifen schlug nicht im Becken auf, sondern rasselte weiter abwärts. Kalte Angst legte sich um das Herz des Priesters, denn er ahnte, was geschehen war: Seine letzten Tabletten waren in das Abflussrohr gerutscht!

Mit zitternden Händen suchte er den gesamten Beckenboden ab. Die Kette an seinem Handgelenk schlug einen bedrohlichen Takt dazu. Pater García fand in der Spüle, wie erwartet, nichts außer dem Glas. Seine Finger fuhren nun ein kurzes Stück in die Öffnung des Rohres hinein, es war sehr eng, und er erfühlte nur gähnende Leere. Die Tabletten waren also viel tiefer gefallen! Seine eiserne Reserve war verloren. Nun wurde es ernst!

Noch einmal lehnte sich der Priester gegen die bedrohliche Erkenntnis auf. Er packte das Spülbecken und versuchte es abzureißen. Wie ein Wahnsinniger rüttelte er daran. Doch weder das Becken noch das eingelassene Rohr gaben nach. Beide waren fest im Felsen eingemauert.

Pater Garcías Verzweiflung nahm zu, aber gleichzeitig wurde ihm bewusst, dass er nun mit seinen Kräften haushalten musste. Langsam arbeitete er sich zu seiner Bettstatt zurück und ließ sich zermürbt darauf nieder.

Seine Hand ging noch einmal suchend durch den Kulturbeutel. Hatte er vielleicht einen weiteren Streifen übersehen? Diese Hoffnung zerrann wie Sand im Stundenglas. Und damit begann sein zweiter Tag ohne die lebenswichtige Medizin.

13

Lola Amaya war unruhig und in Sorge. Seit mehr als sieben Jahren war sie als Haushaltshilfe bei Hochwürden García Talavera beschäftigt. Zweimal wöchentlich putzte sie bei ihm, wusch seine Wäsche und übernahm Botengänge. Heute war solch ein Tag, und sie hatte ihn schon zum zweiten Mal nicht angetroffen. Auch ihre Versuche, ihn telefonisch zu erreichen, waren vergeblich geblieben. Als der Priester auch beim dritten Versuch auf ihr Klingeln an seiner Wohnungstür nicht reagierte, schellte sie bei den Nachbarn im ersten Stock.

Das ältere Paar, das dort wohnte, war ihr flüchtig bekannt. Tatsächlich wurde der Türöffner betätigt, und Lola Amaya stieg schnaufend die Stufen hoch. Die Zugehfrau wurde neugierig begrüßt. Der betagten Nachbarin war nicht aufgefallen, dass der Priester schon mehrere Tage nicht nach Hause gekommen war. Erst jetzt, nach den besorgten Fragen der Haushaltshilfe, hielt sie das für möglich.

»Ihm wird doch nichts passiert sein? Ganz gesund wirkte er nicht in der letzten Zeit, so wie er sich immer die Treppe hinauf geschleppt hat«, meinte sie besorgt.

Lola Amaya wiegte zweifelnd den Kopf und ging die Treppe weiter hinauf unters Dach. Dort klopfte sie mehrmals fest an die Wohnungstür des Priesters. Es rührte sich nichts. Als sie den Briefkastenschlitz hoch hob, sah sie im Inneren des lichtdurchfluteten Flures eine Vielzahl von Briefen auf dem Boden liegen. Der Priester musste sie schon längere Zeit nicht aufgehoben haben, war also wohl nicht zu Hause. Ihre Unruhe wuchs.

»Sicher hat der Hausmeister einen Schlüssel«, meinte die Alte von unten, die ihr bedächtig nachgestiegen war und nun mit hochrotem Kopf und schwer atmend neben ihr stand.

Sie trafen den Hausmeister in seiner Wohnung an. Der zögerte nicht, den beiden Frauen die Tür des Priesters zu öffnen. Zu dritt gingen sie hinein.

Pater García Talavera war nicht zu Hause, das wurde schnell klar. Auf dem Dielenboden lag Post verstreut, ansonsten herrschte keine Unordnung.

Erst im Schlafzimmer stutzte Lola Amaya. Der Kleiderschrank stand offen, und sie sah sofort, dass nicht nur mehrere Kleidungsstücke fehlten, sondern auch der Reisekoffer. Sie eilte ins Badezimmer. Auch dort fehlten der Kulturbeutel und die üblichen Pflegemittel, die sonst auf der Konsole standen.

Lola Amaya erklärte den anderen, was sie festgestellt hatte.

Der Hausmeister brummte in seinen Bart: »Dann ist der Pater wohl auf Reisen gegangen und hat vergessen, Ihnen Bescheid zu sagen, wie das eben bei älteren Leuten schon mal passiert. Wahrscheinlich ist er einer der vielen Karnevalsflüchtlinge auf unserer Insel!«

»Das ist in all den Jahren noch nie vorgekommen«, entgegnete Lola Amaya empört, aber nachdem auch die Nachbarin beruhigend auf sie eingeredet hatte, gab sie sich fürs erste geschlagen.

Dann warf sie nochmals einen Blick ins Badezimmer. Eine geschlossene Packung Schilddrüsenhormon-Tabletten stand zwar noch da. Sie wusste, dass der Pater diese immer als eiserne Reserve hielt. »Das bedeutet aber auch, dass Pater García eine angebrochene Packung mitgenommen haben muss«, befand sie erleichtert.

Mit ihren beiden Begleitern verließ sie die Wohnung und beschloss, mit einer Vermisstenanzeige noch etwas zu warten.

Als sie am Tag darauf immer noch keine Nachricht von dem Pater hatte, beschloss sie, zur Polizei zu gehen.

Der Beamte belehrte sie mürrisch, dass nach den polizeilichen Richtlinien noch lange kein Vermisstenfall vorläge. Der Priester sei nach ihren eigenen Worten voll zurechnungsfähig, nicht suizidgefährdet und auch nicht in besonderer Gefahr, da er ja seine Medikamente bei sich habe.

Lola Amaya ließ jedoch nicht locker, sie erklärte nochmals, dass sie seit Jahren bei Pater García Talavera Dienst täte und dieser immer zuverlässig seine Verabredungen eingehalten habe. Eine Abwesenheit des Priesters an den Tagen, an denen sie zum Saubermachen kommen sollte, sei noch niemals vorgekommen.

»Einmal ist immer das erste Mal«, beschwichtigte sie der Beamte nochmals.

Lola Amaya wiederholte gebetsmühlenartig ihre Befürchtung: »Es muss etwas geschehen sein!«

»Pater García hat doch sogar Kleidungsstücke, Toilettenartikel und seinen Koffer mitgenommen. Er ist bestimmt verreist, eine Spontanreise, in seiner Wohnung gibt es keine Anzeichen von Gewalteinwirkung, Sie haben es noch selbst festgestellt«, entgegnete der Beamte.

Die Putzfrau insistierte trotzdem so lange, bis der Wachhabende sich entschied, eine Vermisstenanzeige vorzubereiten. Noch am selben Tag ging die Anzeige in Bearbeitung.

Sie wurde Alfonso Ruega zugeteilt, der schon über zehn Jahre in der Abteilung »Vermisste« arbeitete und mit der Zeit eine gute Intuition für die Wichtigkeit von Fällen entwickelt hatte. Diese Vermisstensache erschien ihm jedenfalls äußerst auffällig. Es gab für ihn keinerlei befriedigende Erklärung dafür, warum der Priester seinen Lebensumkreis so plötzlich und unangekündigt verlassen haben sollte.

Alfonso Ruega beschloss, sich selbst einen Überblick zu verschaffen. Er telefonierte mit Lola Amaya, um die Einzelheiten von ihr direkt zu hören.

Die verängstigte Frau bestärkte ihn in seinen Befürchtungen. Seine Frage, ob der Priester mit irgendjemandem Streit gehabt haben könnte, verneinte sie vehement. Mehrmals wiederholte sie im Brustton der Überzeugung: »Der Pater ist allseits beliebt. Ich kann mir nicht vorstellen, dass er Feinde hat.«

Zweifel kamen Alfonso Ruega erst, als die Haushaltshilfe erzählte, die Wohnungstür sei zweimal verschlossen gewesen, als sie mit dem Hausmeister und der Nachbarin in die Wohnung gegangen war.

Alfonso Ruega folgerte daraus: Der Letzte, der die Wohnung verlassen hat, muss einen Schlüssel gehabt haben. Es war für den Ermittler kaum vorstellbar, dass ein Fremder mit dunklen Absichten die Tür nach dem Fortgehen zweimal zugeschlossen hätte. Hatte vielleicht doch der Priester die Tür vor seiner Abreise selbst doppelt gesichert, für die Zeit der Abwesenheit?

Ruega beschloss, die Wohnung noch einmal persönlich in Augenschein zu nehmen.

Als der Beamte mit dem Streifenwagen vor Pater García Talaveras Wohnung auftauchte, erregte er Aufmerksamkeit. Rasch versammelte sich eine Traube Neugieriger auf der Straße.

Den Nachbarn fiel ebenfalls erst jetzt auf, dass sie den Priester schon längere Zeit nicht gesehen hatten. Sie hätten alle miteinander wenig Kontakt, erklärten sie Alfonso Ruega: »Wir grüßen uns, wenn wir uns sehen, weiter passiert nichts.«

Alfonso Ruega konnte weder von ihnen noch in der Wohnung Neues in Erfahrung bringen. Er musste sich nun entscheiden. Er schob seine verbliebenen Zweifel beiseite und beschloss, das Verschwinden des Priesters ernst zu nehmen.

Noch am selben Tag veranlasste er im großen Stil Vermisstenaufrufe in den Medien. Mit dem Hinweis auf die lebenswichtigen Tabletten erweckte er selbst in der Karnevalszeit die journalistische Neugier der Verantwortlichen. Die lokalen Radiosender wiederholten fast stündlich ihre Meldung, und auch die Tageszeitungen nahmen sich der Angelegenheit an. Bald schaltete sich auch noch die katholische Kirche ein und bat um Mithilfe. Die Suchmaschine war angelaufen!

Für die Medien war die Suche nach einem verschollenen Priester eine spannende Story. Leider durften sie in ihren Artikeln nicht darüber spekulieren, was der fromme Mann in der Karnevalszeit wohl irgendwo auf der Insel inkognito machte! Der Hinweis, dass der Geistliche ohne Tabletten in Lebensgefahr schwebte, gab der Sache den gewissen Kitzel, den die Reporter brauchten, um bei ihren Lesern und Hörern Emotionen zu wecken.

Als die Meldung Jordi Serrat zum ersten Mal zu Ohren kam, reagierte er verärgert. Das fehlte ihm gerade noch! Das würde seine Planungen erschweren. Eines war ihm auf jeden Fall klar: In eine Apotheke würde er für den Priester nicht gehen. Er konnte gerade jetzt keine Entdeckung riskieren. Sollte Pater García Talavera ruhig ein wenig dahinsiechen. Daran würde die Welt nicht zu Grunde gehen, und wenn dem Pater wirklich etwas passierte, dann wäre das eben die gerechte Strafe Gottes!

14

Jordi Serrat fühlte sich nach der schlaflosen Nacht total kaputt. Er saß hinter der Zeitung beim Frühstück und schluckte ohne Genuss den Kaffee hinunter. Dazu schmeckte er den verbrannten Toast unter der Butter- und Marmeladenschicht, das Brot war bitter und spröde.

Der Satz von Papst Pius II. über die Frauen hing wie eine Melodie in seinen Ohren. Immer wieder hörte er jedes Wort, jede Pause, jede Betonung, die Pater García Talavera ihm eingetrichtert hatte. Es war wie Ohrwurm, eine Platte, die sich nicht abstellen ließ. Die Melodie bestärkte ihn, dass er noch heute etwas unternehmen musste.

Er sollte eine sündige Frau vernichten, das war ihm jetzt klar geworden. Mit Eva, der ersten aller Frauen, war die Sünde auf die Welt gekommen. So waren die Frauen bis heute der Hort der Sünde geblieben, und es musste eine gottgefällige Tat sein, wenn er etwas dagegen unternahm.

Auch in diesem Fall erwies er sich als ein Mann fester Rituale, ging an seinen Platten-Ständer und holte nach kurzem Suchen eine CD hervor. Das Violin-Quartett No 14 in D-Moll, das er mit Bedacht auswählte, war von Franz Schubert, *Der Tod und das Mädchen*, eine Einspielung von Ars Musici. Er legte sie auf. Schon vom Namen her schien ihm das Stück passend für diesen Moment seiner Entscheidung. Nun musste er über Details nachdenken.

Die Karnevalszeit schien ihm bestens geeignet für die Tat, mit der er sich endlich selbst befreien wollte. Er wollte sie rund um eine Karnevalsveranstaltung ausführen, dort würden ihm genügend geeignete Opfer zur Auswahl stehen.

Jordi Serrat ging zurück zum Tisch, um in der Zeitung nach einer geeigneten Veranstaltung zu suchen. Er wollte seine Vorbereitungen nicht länger aufschieben, wollte keinen Stillstand, denn das käme einem erneuten Scheitern gleich. Er suchte unter den Tagesterminen. Dort gab es nicht viel Auswahl, und er fand rasch das Richtige: »*Concurso La Canción de la Risa a las 21 horas*«. Der Wettstreit der »Lachlieder« fand um abends um neun im Teatro Guimerá statt. Er schaute auf die Armbanduhr: Es blieb noch viel Zeit!

Bei der traurigen Musik aus den Lautsprecherboxen vervollkommnete er seinen Plan. Zunächst brauchte er ein Kostüm. Er erinnerte sich daran, dass er vor mehreren Jahren wirklich einmal dem Drängen seiner Kollegen nachgegeben hatte und mit ihnen einmal zum Karneval ausgegangen war. *El Entierro de la Sardina*, die Beerdigung der Sardine, hatte wie alljährlich am Aschermittwoch stattgefunden. Der Umzug ging von der Calle de Juan Pablo II bis hinunter zur Avenida Francisco La Roche, erinnerte er sich. Alles stand ihm wieder genau vor Augen. Dort wurde dann unter viel Getöse die Sardine verbrannt. Für diese Trauerfeier hatte er sich als Priester verkleidet.

Dieses Kostüm schien ihm auch heute genau richtig. In seinem Kleiderschrank fand er seine alte Verkleidung ordentlich aufgehängt. Seine Figur hatte sich in den Jahren nicht geändert, und das Kostüm passte ihm immer noch gut. Ein erstes Hindernis war also schon beseitigt!

Schnell war ihm auch klar, womit er seine Tat ausführen konnte. Schon immer hatte er auf der Insel gerne Wanderungen unternommen. Zu seiner Ausrüstung gehörten neben einem Rucksack auch eine Thermosflasche und ein scharfes Klappmesser. Das sollte ihm heute als Opfermesser dienen. Das Paar Gummihandschuhe, das er trug, wenn er auf seinen Wanderungen Pflanzen als Anschauungsmaterial für den Unterricht ausgrub, legte er ebenfalls zurecht. Die würde er überziehen, um keine Fingerabdrücke zu hinterlassen.

Nun musste er nur noch eine Eintrittskarte für den heutigen Abend ergattern. Er ging zum Telefon und wählte die in der Zeitung angegebene Nummer für Reservierungen. Die Verbindung kam zwar sofort zu Stande, aber man hängte ihn zunächst in eine Warteschleife. Voller Ungeduld wartete er darauf, endlich einen Gesprächspartner zu erreichen. Das Gedudel der Musik verärgerte ihn und passte so gar nicht zu den wunderschönen Tönen von Schuberts trauriger Komposition, die noch in seinem Zimmer ertönte und ihrem Höhepunkt entgegenging.

»Dígame«, meldete sich endlich eine Frauenstimme. Jordi Serrat hatte Glück: In den hinteren, schlechteren Reihen gab es noch zwei Einzelplätze. Er entschied sich ohne zu zögern für den freien Randplatz. Dort würde er am beweglichsten sein. Er gab seine Kreditkartennummer auf und ließ die Eintrittskarte an der Abendkasse hinterlegen.

Nun hatte er alles getan und brauchte nur noch Geduld bis zum Beginn der Veranstaltung.

15

Auch Teniente Ramón Martín wartete ungeduldig auf den Abend, wenngleich mit weniger finsteren Absichten. Er hatte schon länger für sich und Teresa Zafón Karten für diese Veranstaltung besorgt.

Was dort geboten wurde, interessierte auch die Psychologin. Sieben bekannte Karnevalsgruppen würden um den Sieg kämpfen. Es waren in diesem Jahr Margarito y compañía, No tengo el chichi pa farolillos, Los Lejías, Los Nietos del Padre Juan, Ejército de Pancho Villa, Familia Monster und Abubucaca. In dem stilvollen Theatersaal würden sie, verstärkt durch den virtuosen Einsatz von Licht und Farben, in ihren prächtigen Kostümen dem Publikum lustige Beiträge vorstellen. Die Moderation hatte bekannte Komiker Manolo Marichal.

Die Gruppen wurden von einer Jury nach zwei Kriterien bewertet, nach ihrem Vortrag und der Präsentation. Illustre Juroren trafen unter den Akteuren die Wahl. Unter ihnen waren ein Regisseur, eine Gesangslehrerin des Konservatoriums, ein Mitglied der Akademie der Wissenschaft und Künste, eine Chorleiterin, ein Professor der Musik und der stellvertretende Direktor der örtlichen Fernsehanstalt. Mit der Teilnahme an diesem großen Ereignis unterstützten die Zuschauer über ihre Eintrittspreise auch noch soziale Anliegen. Dieses Jahr ging der gesamte Überschuss an die Armentafel La Milagrosa.

All das schien Teresa Zafón und Ramón Martín Grund genug, dabei zu sein und die Anfahrt von Puerto auf sich zu nehmen.

Ramón hatte es gewundert, dass Teresa ihn nicht mit einem Kostüm überraschen wollte, sondern vielmehr für sie beide ein Ensemble vorschlug. Und so hatten sie sich nach kurzer Debatte darauf geeinigt, sich als Mönch und Nonne zu verkleiden.

»Diese Kostüme machen sich auch gut beim *Entierro de la Sardina*«, hatte Teresa argumentiert.

Ramón war sofort einverstanden gewesen, garantierte das doch einen weiteren gemeinsamen Trip in die Hauptstadt. Aber in seinem Inneren dachte er: »Hoffentlich beschreibt dieVerkleidung nicht auf Dauer den Zustand unserer Beziehung!«

Rechtzeitig machte sich Ramón auf den Weg, um Teresa abzuholen. Sie begrüßten sich herzlich und lobten sich gegenseitig für ihre Aufmachung. »Die schwarz-weiße Tracht passt wunderbar zu ihrem dunklen Typ«, dachte Ramón. Die Psychologin bemängelte an ihm fröhlich lachend das Fehlen einer Tonsur. Auf dem Weg nach nach Santa Cruz unterhielten sie sich angeregt. Die Zeit verging wie im Flug.

Als sie in der Hauptstadt die Plaza Isla de la Madera erreichten, war das Theatergebäude in der aufkommenden Dämmerung bereits angestrahlt. Das Haus stand auf einem erhöhten Platz, zu dem sieben Stufen hinaufführten. Zuvorderst schaute den Besucher ein großes Frauengesicht in Form einer Bronzeskulptur an. Die Züge der Figur wurden durch das sparsame Licht eines Trios alter dreiarmiger Laternen aus Gusseisen schemenhaft ausgemalt. Die

Gebäudefront des Theaters selbst war siebengeteilt. Genau oberhalb von sieben dunklen Türen waren sieben hohe Fenster mit kleinen schmiedeeisernen Balkonen gelegen. Durch die Fenster strahlte einladend Licht nach draußen. Der oberste Fries über den Fenstern schloss mit einem erhöhten Mittelteil, über dem ein Kreuzzeichen unter einer Krone thronte.

»Ein ehrwürdiges Haus und ein würdiger Rahmen für diesen schönen Abend«, wandte sich Ramón Martín an seine Begleiterin. Teresa Zafón bekräftigte das mit einem Nicken und einem hörbaren Lachen in ihrer tiefen Stimme. Sie fassten sich bei der Hand und machten sich mit großer Vorfreude in ihren klerikalen Kostümen auf den Weg in das Innere des Gebäudes.

Dort war alles festlich dekoriert, lustig pulsierte das Leben. Teresa und Ramón mischten sich erwartungsfroh unter die anderen Besucher. Die geröteten Wangen und leuchtenden Augen der Künstlerinnen und Künstler entgingen ihnen nicht, sie verrieten die Freude an diesem Ereignis: Lebensfreude, die schnell ansteckend wirkte.

Jordi Serrat war auch zugegen. Er hielt sich im Hintergrund, denn er teilte die Freude der beiden nicht. Er fühlte sich unwohl in diesem Gedränge. Er hielt gerne Abstand zu anderen Menschen. Das war nicht nur heute so, als er sein Vorhaben verwirklichen wollte, nein, er reagierte wie viele, die früh von ihren Eltern getrennt worden waren und nie ein Übermaß an Vertrauen erfahren hatten: Er zeigte sich abweisend und misstrauisch gegen Menschen um sich herum. In einer für ihn ungewöhnlichen Gefühlswallung hatte er sich sogar einmal eine Tätowierung im Nacken auftragen lassen: »Vertraue niemandem« stand da nun an verborgener Stelle und beschrieb seine Gefühlswelt genau. Heute erblickte er nun voller Abscheu viel zur Schau gestelltes nacktes Fleisch. Das verstärkte sein Unbehagen.

Um Teresa Zafón und Ramón Martín herum herrschte hingegen lustiges Treiben und Geschnatter. Die beiden ließen sich, anders als Jordi Serrat, gerne von der Begeisterung ihrer Mitmenschen anstecken.

»Es ist heute besonders schön, Ramón«, schwärmte die Ärztin ein ums andere Mal.

Der prostete ihr dankbar zu. Er wollte ihr mit etwas Alkohol das Temperament weiter anfachen und gleichzeitig sich selbst Mut antrinken. Nun hielt er sich nicht mehr zurück und flüsterte ihr ins Ohr: »Du bist heute von absoluter Vollkommenheit, mein Schatz!«

Sie sah ihn mit einer spöttisch hochgezogenen Braue an und ersparte ihm die sonst übliche Antwort. Er hatte in ihr eine richtige Saite angeschlagen, das erkannte er glücklich, und sein Herz schlug einige Takte höher. Ramón sah sie nochmals erwartungsvoll an und empfing als Geschenk ein verhaltenes Lächeln!

Das Programm begann fulminant und riss sie wie alle anderen Gäste mit. Besonders die Sechser-Gruppe Margarito y compañía und ihr Motto *»La verdadera reina del Carnaval«*, die wahre Karnevalskönigin, gefiel ihnen. Als sie schließlich *»A mi manera«*, My way, intonierten, sangen Mönch und Nonne begeistert mit.

Aber auch die anderen Künstler verdienten sich lang anhaltenden Applaus. So trug die zwölfköpfige Monsterfamily die Fantasie »Familia Monster 2010« vor und sang unter großem Lacherfolg *»Sálvame en Tenerife«*, Rette mich auf Teneriffa.

In der zahlenmäßig stärksten Gruppe No tengo el chichi pa farolillos fand Jordi Serrat die Frau, die am besten in sein Opferschema passte. Sie war grell geschminkt, ließ mit ihrem kurzen Rock ihre langen Beine bis fast zum sündigen Dreieck hin frei und verbarg ihren prallen Busen nur unter einem rosafarbenen, durchsichtigen Oberteil. Ihre hochhackigen blauen Schuhe sprachen für ihn nur allzu deutlich die Sprache der Sünde. Besonders stieß ihn ab, dass sie in ihrem Taschenspiegel mehrmals ihr sowieso schon grelles Make-up auffrischte.

Er merkte sich das Aussehen der Frau ganz genau. Sie sollte sein Opfer werden. An dem Vortrag der Gruppe nahm er kaum Anteil, dabei interpretierte sie ihr Thema perfekt.

Die Darbietungen neigten sich bald ihrem Ende zu. Die Juroren mussten nun Vortrag und Präsentationen bewerten. Das war eine schwierige Aufgabe, denn alle Gruppen hatten erstklassige Leistung gebracht. Bis sie zu einem Ergebnis kamen, verging einige Zeit. Doch die Pause wurde den Zuschauern amüsant ausgefüllt: Die Murga-Gruppe Los Diablos Locos spielte zum allgemeinen Vergnügen auf. Teresa und Ramón hatten sich auf Familia Monster als Sieger festgelegt. Die Gruppe erreichte allerdings nur den guten dritten Platz. Als Sieger für den Vortrag ging No tengo el chichi pa farolillos hervor, bei der Präsentation entschieden sich die Juroren für Abubucaca. Die meisten Besucher waren mit der Wahl zufrieden und bejubelten das Resultat mit lautem, anhaltendem Applaus.

Jordi Serrat verließ nach der Show schnell das Theater. Er wollte sich draußen vor dem Künstlereingang postieren, denn er durfte sein Opfer nicht verpassen. Es passte ihm schon nicht, dass er so viele Dinge dem Zufall überlassen musste, aber die Eile, zu der ihn sein innerer Drang getrieben hatte, ließ nichts anderes zu.

Die Beleuchtung des Schauspielhauses war inzwischen etwas heruntergefahren worden. Serrat stand im Halbdunkel an einen Pfeiler gelehnt und harrte der Dinge, die da kommen würden. Sein Herz schlug ihm vor Aufregung bis zum Hals.

Teresa Zafón und Ramón Martín verließen beschwingt Hand in Hand das Theater. Während der Rückfahrt bis Puerto de la Cruz tauschten sie das Erlebte aus, so viel exotisches Treiben hatten sie gemeinsam gesehen! Nun konnten es noch einmal Revue passieren lassen.

Ramón brachte Teresa bis vor ihre Haustür. Aufgedreht, wie er war, wagte er zum Abschied einen Kuss. Und siehe da: Teresa wehrte sich nicht dagegen. Es wurde ihr erster richtiger Kuss…

Wie gerne hätte Ramón ihr hinter die Stirn geschaut, um ihre wahren Gefühle zu lesen. Er suchte mit einer Frage nach Klarheit. Dabei ging er behutsam vor, denn er wollte nicht mit der Tür ins Haus fallen und etwas zerstören, das gerade erst wuchs.

»Ich habe das Gefühl, dass du mich auch ein wenig magst, habe ich Recht?«, fragte er.

Teresa Zafón antwortete mit einem stummen Nicken.

Ramón Martín drückte sie noch einmal an sich und verabschiedete sich froh. Glücksperlen tanzten in seinem Bauch, als er zu seinem Haus in Orotava fuhr.

16

Jordi Serrat hatte Glück: Seine Ausgewählte kam allein und als eine der ersten aus dem Künstlereingang. Sie hatte ihr Kostüm in einem Kleidersack über dem Arm und trug nun unauffällige Straßenkleidung. Sie sah lange nicht mehr so aufreizend aus wie auf der Bühne, doch Serrat erkannte sie an den hohen blauen Stöckelschuhen, die sie immer noch trug.

»Die sind Sünde genug«, dachte er und heftete sich geräuschlos und unauffällig an ihre Fersen, gespannt, welche Richtung sie nun einschlagen würde.

Die junge Frau bog langsamen Schrittes in die schmale Calle Santo Domingo ab. Die Straße war ruhig und menschenleer, registrierte er befriedigt und folgte ihr in einigem Abstand. Bald erreichten sie eine Stelle, an der am Straßenrand mehrere Müllcontainer standen.

»Die Container bieten mir guten Sichtschutz, und die Bäume ringsherum verwehren den Blick von oben, sollte wirklich zu so später Stunde noch jemand aus dem Fenster schauen«, dachte Serrat, ganz auf Sicherheit bedacht. Er sah sich nochmal nach allen Seiten um. Die Straße war immer noch wie ausgestorben, und so beschloss er, die Gunst des Augenblicks zu nutzen.

Er hatte sich der Frau leise genähert und überlegte, ob er sie an der Jacke packen und herumreißen sollte. Das brauchte er jedoch nicht, denn sie drehte sich im selben

Moment um und sah ihn an. Zunächst schaute sie ängstlich, dann erleichtert, denn sie glaubte, einen Priester vor sich zu haben. Sie wollte ihre Hände gerade im Scherz zum Gebet anheben und ihren Kopf zum Gruß senken, da erstarrte sie in der Bewegung. Sie hatte das Messer in Jordi Serrats rechter Hand entdeckt, das jetzt in die Höhe fuhr und mit aller Wucht auf sie nieder stieß. Es gab für sie kein Ausweichen mehr.

Die Klinge traf sie beim ersten Stich mitten ins Herz, als hätte der Mörder das eingeübt. Mit einem ungläubigen Seufzer fiel die Getroffene in sich zusammen, zuckte noch einige Male, dann streckten sich ihre Glieder. Sie war tot.

Das junge Gesicht der Frau war als letzte Reaktion auf die Untat ihres Mörders vor Schrecken verzerrt.

Serrats Gesicht hingegen zeigte Befriedigung, er hatte seine Hauptaufgabe bereits erfüllt, doch er ließ nicht ab von seinem Opfer: Sein Messer fuhr wieder in die Höhe, um sich nun in den Unterleib der Toten zu bohren. Dieser weibliche Sündenpfuhl musste gebrandmarkt werden! Erst nach drei weiteren Stichen ließ er von der Toten ab. Dann klappte er das Messer auf dem Pflaster des Bürgersteigs zusammen, ohne die Klinge dabei zu berühren, und ließ die Mordwaffe in seiner Tasche verschwinden.

Serrat schaute sein Opfer noch einmal an. Als er in das verzerrte Gesicht blickte, dachte er verächtlich: »Wahrscheinlich war sie so ein verklemmtes Weibchen, das sich einmal im Jahr beim Karneval so richtig als Schlampe aufführt. Die Strafe dafür ist auf dem Fuß gefolgt!« Ein gedämpftes Kichern begleitete seine Gedanken. Er war sich sicher, Gutes getan zu haben. Er selbst war gut! Gut im Sinne des großen Papstes Pius II.

Mit seinen behandschuhten Händen griff er nach der Handtasche der toten Frau und holte ihren Taschenspiegel hervor, den sie im Theater noch benutzt hatte. Er warf ihn neben ihren Kopf und zertrat ihn in viele kleine Splitter. »Spiegel sind Symbole der Eitelkeit, sie fangen die Sünde ein und steigern die Verderbtheit!«, fauchte er dabei zur Rechtfertigung seines Tuns. Doch lange hielt er sich nicht mit diesem Ritual auf. Es war bisher alles perfekt abgelaufen, nun wollte er sein Werk nicht gefährden, indem er Zeit verlor.

Ein erkannter Mörder war schließlich schon fast ein gebannter Mörder, auch wenn sich Jordi Serrat selbst gar nicht für einen Mörder hielt. Er war ein Vollstrecker, die Hand des großen Pius II., und Pater García nun mindestens ebenbürtig! Er verschwand schnell, ungesehen und ungehört. Bald war er wieder in den Trubel der nahen Hauptstraße eingetaucht. Für seine grausame Tat gab es keine Zeugen.

Es war weit nach Mitternacht, als Jordi Serrat die Tür zu seiner Wohnung aufschloss. Er fühlte sich irgendwie gelöst und frei und gab dem Impuls nach, sich ein Glas Rotwein zu gönnen. Er ging in die Küche an und setzte sich mit dem vollen Glas an den Tisch.

Stille schwebte durch die Wohnung. Sie harmonierte so gar nicht mit seiner aufgekratzten Stimmung. Aber er war eben allein und konnte seinen Triumph mit niemandem teilen. Zumindest hier unten nicht, oben in den Bergen gab es jemanden dafür, korrigierte er sich. Für diese Nacht aber war er zum Schweigen verdammt.

Er war es ja gewohnt, ein Schweiger zu sein, denn er hatte kaum Freunde und Bekannte. Leicht ernüchtert beschloss Jordi Serrat, zu Bett zu gehen. Morgen wollte er früh zum Höhlenhaus fahren. Er vertröstete sich auf den nächsten Tag, dann würde ihn Pater García Talavera mit Sicherheit loben.

Jordi Serrat schlief fest und traumlos bis zum frühen Morgen.

17

Die Leiche der Karnevalskünstlerin wurde in den Morgenstunden von einem Fußgänger auf dem Weg zur Arbeit entdeckt. Der Mann hatte ein Mobiltelefon dabei und informierte sofort die Polizei.

Deren Einsatzkräfte unter der Führung von Teniente Hugo Silva machten sich sofort auf den Weg zum Fundort der Leiche. Silva leitete die Erstuntersuchung.

Alle Mitarbeiter zogen sich Gummihandschuhe an und streiften Überzieher aus Plastikfolie über die Schuhe. »Wir wollen ja später nicht die eigenen Fußspuren analysieren«, meinte der Teniente dazu.

»Wie sollen die denn auf dem trockenen Asphalt entstehen…?«, murmelte einer seiner Leute und blickte dabei genervt zum Himmel. Es war eben noch reichlich früh!

Der Fundort wurde mit Absperrungen großräumig gesichert. Hugo Silva legte einen Trampelpfad durch diese Zone fest, damit an etwaigen restlichen Flächen vorhandene Spuren nicht verfälscht oder zerstört werden konnten. Selbst die für den Pfad vorgesehene Zone wurde genau in Augenschein genommen.

»Juan, du übernimmst die Zugangskontrolle aller, die den abgesperrten Bereich passieren wollen«, sagte Inspektor Hugo Silva zu einem Untergebenen.

Der Beamte Juan Vidal nickte und stellte sich wichtigtuerisch an den Straßenrand, genau dorthin, wo die Absperrung begann.

Auch der Polizeifotograf bekam Instruktionen von Silva: »Fotografiere reichlich, lieber zu viel als zu wenig! Ich will Bilder der Toten aus jedem Blickwinkel, in der Totalansicht genauso wie im Ausschnitt. Versuche, alle Spuren festzuhalten, die dir auffallen.«

Nun wandte er sich nun an den gesamten Einsatztrupp: »Der Mörder wird von sich selbst oder wenigstens von seinem Handeln Spuren hinterlassen haben. Ich erwarte absolute Professionalität und Stillschweigen. Wir müssen an den Karnevalstagen mit Tausenden von Besuchern in der Stadt rechnen. Es darf durch ein fahrlässig verbreitetes Mordgerücht keine Panik geben. Die Stadt wird sich sowieso in ein Tollhaus verwandeln, wir werden ohnehin nur Vorarbeiten leisten. Man wird schnell eine Sonderkommission einsetzen, die den Fall übernimmt. Ich will später keine Kritik über unsere Arbeit hören. Strengt euch also an, Männer!«

Die Stimmung im Team war angespannt. Einer der Beamten machte seiner Verärgerung Luft: »Na super! Die Drecksarbeit dürfen wir wieder machen. Wir durften ja auch schon mitten in der Nacht aufstehen, und dann kommen die anderen und ernten die Lorbeeren…«

»Rede nicht so einen Unsinn«, fuhr ihn Hugo Silva verärgert an: »Die SOKO besteht aus Leuten wie du und ich, die müssen auch nur ihre Arbeit machen. Ob sie dabei

Erfolg haben, und zwar möglichst rasch, hängt erheblich von unserer Vorarbeit ab!«

Teniente Hugo Silva war entschlossen, alles, was ihm am Fundort der Leiche auffiel, systematisch festzuhalten. Es konnte nur seinem beruflichen Fortkommen dienen, wenn er ein fundiertes Protokoll mit in die Sonderkommission nahm. Dabei dachte er an einen umfassenden Bericht, der eine Fallanalyse und alle sonstigen Ermittlungshinweise beinhaltete.

Fürs erste ging er sich zusammen mit Gerichtsmediziner Doktor Mendoza zu der Leiche, denn das gesamte Umfeld war inzwischen fotografiert und auf Spuren abgesucht worden.

»Der Auffindungsort und der Tatort sind offenbar identisch. Dafür spricht die große Blutlache unter dem Leichnam«, folgerte der Polizeiarzt fachmännisch nach kurzer Begutachtung der Toten. »Der Täter dürfte keine Blutspuren an seiner Kleidung oder seinen Händen gehabt haben.«

»Wieso?«, fragte Teniente Silva.

»Das ausgetretene Blut wurde mit hinreichender Sicherheit zunächst von der Kleidung des Opfers aufgesogen, bevor es sich am Boden ausbreitete«, erklärte Doktor Mendoza seine Schlussfolgerung.

Dann beugte sich der Arzt über die Tote und besah sich genau ihre Verletzungen. »Mein Gott, das ist ja ein Gemetzel«, sagte er nach Atem ringend. »Die Tötung erfolgte eindeutig durch einen Messerstich. So wie es aussieht, war bereits der erste Stich im Brustbereich tödlich. Der Stichkanal weist Richtung Herz. Die weiteren Stiche in den Unterleib dürften sogar erst *post mortem* zugefügt worden sein.«

Nun besah sich Silva die tote Frau auch noch selbst aus der Nähe und sah die Feststellungen des Arztes bestätigt: Ihr Oberkörper war augenscheinlich von nur einem Stich durchbohrt, viel schlimmer hingegen sah ihr Unterleib aus. Er begutachtete die Einstiche. Der Stoff des Kleides hatte sich rund um die Verletzungen weiträumig mit Blut vollgesogen. Der Blutgeruch lag schwer in der Luft. Dem Ermittlungsleiter wurde übel, nur mühsam konnte er den Drang unterdrücken, sich zu übergeben. Stattdessen sagte er mit gequälter Miene in Richtung Mendoza: »Da scheinen Sie Recht zu haben.«

Dann kam er zu seinen eigenen Schlussfolgerungen: »Die Gesichtszüge der jungen Frau sind vor Schreck verzerrt, aber es zeigt sich keine Spur von Gegenwehr. Das wäre vielleicht der Fall, hätte der Täter die nicht tödlichen Stiche in den Unterleib zuerst ausgeführt. Aber so kam der Tod zu schnell und überraschend. Wurde die Frau vielleicht *post mortem* vergewaltigt?«, wollte Inspektor Silva noch von Doktor Mendoza wissen.

»Eher nicht, aber ich bin kein Hellseher. Für eine eindeutige Aussage brauchen wir die Obduktion«, erwiderte der Arzt.

Hugo Silva nickte. Er sah sich nochmals sorgfältig um, dann stellte er fest: »Die Mordwaffe scheint nicht am Tatort zu sein. Es ist noch dunkel, ich werde einen Beleuchtungswagen anfordern, er soll zumindest die nahe Umgebung nach der Tatwaffe absuchen. Liegt das Messer irgendwo weiter weg, dann kann uns das etwas über den Fluchtweg des Täters verraten. Ich will mir später nicht vorhalten lassen, dass ein unbeteiligter Dritter das Messer gefunden und mitgenommen haben könnte.«

Doktor Mendoza bestärkte ihn in seiner Absicht. Der Arzt war inzwischen dabei, die Körpertemperatur des Opfers zu bestimmen, um möglichst genau den Todeszeitpunkt zu errechnen. Nach überschlägiger Berechnung sah er seine erste Schätzung bestätigt: »Der Tod dürfte gestern Nacht zwischen 23 Uhr und 24 Uhr 30 eingetreten sein«, legte er sich fest.

Silva nahm vorsichtig die Handtasche der Toten auf und öffnete sie. Als erstes stieß er auf eine wohlgefüllte Brieftasche. »Raubmord können wir somit wohl ausschließen«, kommentierte er seinen Fund.

»Es spricht vieles dafür, dass eine Beziehungstat vorliegt. Die vielen unnötigen Messerstiche weisen auf einen enormen Hass des Täters hin. Bei aufkommender Wut und großem Hass produziert der Körper Adrenalin, die Nerven im Körper stehen auf Alarm, alle Muskeln werden angespannt und sind zu besonderen Kraftausbrüchen fähig. Dieses und die Verwendung des Messers als Mordwaffe sprechen übrigens dafür, dass der Täter männlich ist. Das Messer ist eine typische Waffe des Mannes!«, steuerte der Arzt seine Meinung bei und relativierte sie sogleich wieder: »Vielleicht erfolgte die Tat aber auch zur Befriedigung des Geschlechtstriebes, als Lustmord eben. Die Befriedigung dürfte dann allerdings nicht durch den Akt der Tötung selbst gesucht worden sein, sondern eben im Nachhinein durch die Stiche in die Vagina. Auf jeden Fall ist die Vorgehensweise äußerst brutal.«

Hugo Silva holte Ausweispapiere aus der Tasche hervor. Das Passbild stimmte nach mit den Gesichtszügen der Toten überein. Bei dieser handelte es sich demnach um eine Adelina Mota, wohnhaft in Santa Cruz de Tenerife.

Teniente Silva übergab die Papiere einem seiner Männer. »Kümmere dich darum, kläre ab, ob jemand aus ihrem Verwandtenkreis in der näheren Umgebung wohnt, der persönlich benachrichtigt werden könnte. Bring überhaupt möglichst viel über das persönliche Umfeld der Toten in Erfahrung.«

»Hoffentlich sind da keine Eltern zu benachrichtigen«, wünschte sich der Beamte. »Kein Elternteil erträgt es ohne seelischen Schaden, länger zu leben als sein Kind!« Er wollte nicht der Übermittler dieser Hiobsbotschaft sein.

Der Kleidersack, der ebenfalls neben der Toten lag, brachte ihnen die nächste wichtige Erkenntnis. Er enthielt ein Karnevalskostüm.

»Sie kam bestimmt von einer Veranstaltung«, folgerte Hugo Silva messerscharf. »Gestern Abend fand im Teatro Guimerá direkt hier um die Ecke, der *Concurso Canción de la Risa* statt«, wusste der Arzt. »Die von mir geschätzte Tatzeit passt übrigens gut zu dem üblichen Endzeitpunkt solcher Veranstaltungen. Wenn wir das genaue Ende der Veranstaltung von gestern wissen, kann ich das Zeitfenster für die Tat mit Sicherheit noch etwas einengen.«

»Das ist plausibel!« Teniente Silva freute sich über diese wichtige Aussage.

»So prächtig, wie das Kostüm aussieht, spricht alles dafür, dass die Tote im Theater selbst aufgetreten ist«, fuhr Doktor Mendoza mit seinen aufmerksamen Folgerungen fort.

»Dann könnte ihr Mörder vielleicht auch dabei gewesen sein. Er hat sie verfolgt bis zu dieser ruhigen, schlecht einsehbaren Stelle, um sie ungestört zu töten«, ergänzte Hugo Silva die Gedanken des Arztes.

»Dafür spricht einiges: Die Ermordete hatte im Kleidersack kein zweites Paar Schuhe. Sie trägt also noch dieselben Schuhe wie bei ihrem Auftritt im Theater. Die Schuhe sind sehr auffällig, das spricht für meine These, und sie waren somit sicher ein wichtiger Hinweis für den Mörder, um das Opfer draußen ohne Kostüm und ungeschminkt wiederzuerkennen. Das musste er, wenn er die Arme nicht sowieso gekannt hatte. Der Täter müsste sie dann drinnen im Theater länger beobachtet haben und das sehr gründlich, sonst hätte er die Frau draußen in Straßenkleidung kaum unter den vielen scheidenden Zuschauern als die richtige ausmachen können.«

»War sie wirklich nur ein Zufallsopfer?« Teniente Hugo Silva brachte mit etwas Zweifel in seiner Stimme seine Bedenken zum Ausdruck. Die unterschiedlichen Möglichkeiten, die sich danach ergaben, wollte er auf jeden Fall in seinem Protokoll deutlich festhalten. Seine Beobachtungen waren damit aber noch nicht abgeschlossen:

»Der Leichnam liegt leicht verdreht da. Wahrscheinlich hat sich die Frau vor ihrem Tod zu ihrem Mörder umgewandt. Bestimmt hat sie seine Schritte gehört. Dieses Verhalten scheint mir nach Lage der Dinge realistisch. Das Theater, aus dem die beiden augenscheinlich kamen, lag hinter der Frau. Die fehlenden Abwehrreaktionen könnten sich auch damit erklären, dass ihr der Täter bekannt war oder wenigstens etwas an ihm vertraut. Zum Beispiel ein Kostüm, das er trug oder eine Uniform.«

Hugo Silva wollte auch diese Möglichkeiten in seinem Bericht festhalten und dabei auf die Fotos von der Leiche verweisen. Die Gesichtszüge der Toten mussten von einem Profi interpretiert werden, genau wie die Lage der

Toten auf dem Gehsteig. Er hatte die Fotos zwar noch nicht gesehen, doch letztlich konnten sie später nichts anderes zeigen, als was er hier gerade vor sich hatte. Sie würden einem fachkundigen Spezialisten bestimmt weiteren Aufschluss geben.

»Ich bin kein Psychologe, aber ein wenig Erfahrung in Psychologie gewinnt man ja doch bei seiner täglichen Arbeit. Vielleicht sagt uns, was ich dabei gelernt habe, etwas über das Täter-Opfer-Risiko. Dahinter steht die These, dass ein Mörder bei seiner Tat ein größeres Risiko eingehen muss, wenn sein Opfer einen geregelten Lebenswandel führt. Eine Hausfrau, die früh zu Hause ist, ist schwerer zu ermorden, als eine Prostituierte, die sich alleine in der Nacht herumtreibt! Das Opfer macht einen gepflegten Eindruck, nichts spricht für gewagte Lebensumstände. Der Mörder ist mit seiner Tat also ein größeres Risiko eingegangen«, fuhr Hugo Silva in seinen Kombinationen fort.

Dieser Sicht der Dinge widersprach der Polizeiarzt vehement: »Viele Mordopfer fallen nicht wegen ihres riskanten Lebenswandels, sondern einfach aus Zufall in die Hände ihrer Mörder. Sie bewegen sich mit solchen Annahmen also auf sehr dünnem Eis, Teniente«, meinte er.

»Dann sollten wir noch einmal alles eiskalt überdenken, damit das Eis dicker wird«, knurrte Hugo Silva, gekränkt darüber, wie der Arzt ihn in seinem Tatendrang bremste.

Warum ein zersplitterter Taschenspiegel neben dem Kopf der Toten lag, konnte sich keiner der beiden erklären. Auch das musste ein Spezialist interpretieren.

Ansonsten lag am Tat- oder Fundort nicht allzu viel herum, was analysiert und eingesammelt werden konnte. Bald waren alle Arbeiten vor Ort erledigt. Auch der Beleuchtungswagen wurde ergebnislos wieder abgezogen. Die Tatwaffe war nicht gefunden worden. Inzwischen war es auch hell genug, so dass ohne aufwendige Beleuchtung ermittelt werden konnte.

Hugo Silva erklärte die Spurensicherung für abgeschlossen und machte sich mit seinem Dienstwagen auf den Weg zurück aufs Revier, wo er das Protokoll fertigstellen wollte. Es stand schon als Gedankengerüst vor seinem inneren Auge...

Vor dem Auseinandergehen verpflichtete er seine Männer dazu, über den Mord nicht herumzuschwätzen. »Oftmals überlagern Tratsch und Gerüchte bei ungelösten Fällen den Mangel an Tatsachen. Der einzige, der einen Vorteil daraus zieht, ist der Mörder! Und die Bevölkerung wird nur unnötig beunruhigt«, gab er ihnen als Mahnung mit auf den Weg.

In seinem Büro brühte er sich eine Tasse Kaffee auf und machte sich sofort an die Arbeit. Zunächst fertigte er eine Gesamtschau aller Umstände, die er mit seinen Leuten am Tatort vorgefunden hatte. Dem wollte er später die Fotos des Polizeifotografen hinzufügen und den Bericht des Arztes sowie den von dem Beamten Juan Vidal über die Befragung der Angehörigen der Toten.

Nach dieser Informationserhebung versuchte er, den Tathergang zu rekonstruieren. Was den Tatvorgang für ihn so besonders machte, war die spezielle Handlungsweise des Täters, der über die Tötung weit hinausgegangen war. Die wütenden Stiche in den Unterleib waren, auch schließlich nach der Meinung des Arztes, für die Tötung nicht vonnöten gewesen. Nach der Erinnerung aus seinem Zwiegespräch mit Doktor Mendoza legte Hugo Silva sich auf folgende Tätermerkmale fest: Täter männlich, möglicherweise Besucher der Karnevalsveranstaltung im Teatro Guimerá, vielleicht kostümiert. Auf jeden Fall sehr geschickt im Umgang mit einem Messer, dem Opfer möglicherweise bekannt oder wenigstens in seiner Funktion vertraut. Wachmann, Feuerwehrmann, Postbote oder ähnliches?

Den Mord hatte der Täter mit einem zielgerichteten Stich schnell vollendet. Mit der nachträglichen Zerstörung der Vagina hatte er eine besondere Handschrift und eine zusätzliche, bedürfnisorientierte Verhaltensweise offenbart. Das Verbrechen war vermutlich ein sexuell motiviertes Gewaltdelikt. Habgier schloss er anhand der Indizien aus, denn dem Opfer waren schließlich keine Wertgegenstände entwendet worden. Wenn nach der Recherche seines Mitarbeiters Juan Vidal im persönlichen Umfeld der Toten Anhaltspunkte für eine Beziehungstat aufscheinen würden, käme man dem Mörder sicherlich schnell auf die Spur. Dann war der Täter bei seiner Tat ohne Zweifel ein großes Erkennungsrisiko eingegangen.

»Die Hoffnung stirbt zuletzt«, dachte Hugo Silva voll Zweifel.

Es sprach mehr dafür, dass der Täter sein Opfer einfach nach dem Zufallsprinzip ausgewählt hatte: Der Mörder hatte sich keine großen Umstände gemacht und die junge Frau nahe dem Ort getötet, an dem sie aufgetreten war. Das sprach für Spontaneität und Zufälligkeit. Dabei war die Straße, in der die Leiche gefunden worden war, des Nachts still und wenig belebt, was dafür sprach, dass der Täter durch die Auswahl des Tatorts alles daran gesetzt hatte, unentdeckt zu bleiben. Er hatte also bei aller Spontanität und Zufälligkeit eher bedacht gehandelt.

Hugo Silva schrieb auch einige wenige Überlegungen zur Rekonstruktion des Tatablaufs zusammen: Wahrscheinlich war der Mörder seinem Opfer schon längere Zeit gefolgt, nämlich den ganzen Weg vom Theater her. Vielleicht war er sogar, genauso wie sie, in der Veranstaltung gewesen, wenn auch nur als Gast. Die Frau hatte sich nach ihm umgedreht, als sie ihn in der nächtlichen Stille hörte. Die Straße des Fundorts war zumindest in der Nachtzeit viel zu wenig frequentiert, als dass man annehmen konnte, der Täter habe dort auf ein Opfer gewartet. Hier konnte er so spät kaum noch mit einem Passanten rechnen. Sein umsichtiges Vorgehen genauso wie das Fehlen verwertbarer Spuren am Tatort sprachen für seine gehörige Intelligenz und Organisationsfähigkeit…

»Habe ich auch noch einige zusätzliche Merkmale des Mörders in petto?«, fragte sich der Teniente. Besonders plausibel erschienen ihm die Annahmen zu den physischen Eigenschaften des gesuchten Mörders.

Für die Stöße mit dem Messer war viel Kraft vonnöten gewesen. Die Stiche waren ziemlich tief eingedrungen. Das sprach, wie die Tatwaffe selbst, nach allen Erfahrungen für einen männlichen Täter. Dieser Mann konnte zudem nicht allzu alt sein, und er war körperlich fit. Eine körperliche Behinderung war nahezu auszuschließen. Der Mörder musste auch um einiges größer sein als sein Opfer, denn die Stiche waren alle von schräg oben in den Leib der Toten eingedrungen. So wie der Unbekannte sich anscheinend mit Karnevalsveranstaltungen, aber auch mit den Straßen der Gegend auskannte, war er wahrscheinlich ein Bewohner der Insel, vermutlich sogar ein Einwohner der Hauptstadt.

Als psychologische Merkmale hielt Hugo Silva fest: Neigung zu Wutausbrüchen, Grausamkeit und Gewalttätigkeit sowie die Fähigkeit, blind zu hassen. Anders konnte man sich die schreckliche Tat gar nicht erklären.

Zum Schluss fand er noch einige Worte zur Schuldfähigkeit des Verbrechers, die über gesicherte Fakten hinaus gingen, aber er wollte glänzen: »Ich gehe davon aus, dass der Täter eine längere tragische Lebensgeschichte hat, die nach vielen schlimmen Einzelereignissen zu seiner Tat führte. Nur so scheinen mir solcher Hass und solche Wutausbrüche erklärlich. Die Aufdeckung dieser Hintergründe könnte einen Maßstab für die Bewertung der Schuldfähigkeit des Täters liefern. Vielleicht trifft die Wegbegleiter des Täters eine hohe moralische Schuld, weil sie bei vorangegangenen, alarmierenden Ereignissen nicht aufmerksam waren und ihm halfen, sich aus seiner Krise zu befreien. Letztlich wird aber doch nur der Zustand des Täters während des Tatzeitpunkts zu bewerten sein. Das Gericht muss schließlich die Frage beantworten: Hätte der Täter zum Tatzeitpunkt auch anders handeln können, als er es tat? Hierzu sehe ich noch keine eindeutige Antwort.« Mit diesem Satz beendete er seinen Bericht.

Er las ihn noch einige Male durch und änderte die eine oder andere Formulierung, setzte sogar zusätzliche Einschübe, was am PC viel einfacher ging als früher mit Schreibmaschine oder gar per Hand. Erst nach zweieinhalb Stunden konzentrierter Arbeit gab er sich endlich zufrieden. Was er den SOKO-Ermittlern präsentieren würde, konnte sich sehen lassen!

18

Jordi Serrat stand schon um 6 Uhr 30 auf. Er war zu aufgeregt, um länger liegen zu bleiben.

Im lokalen Radiosender hörte er zum ersten Mal an diesem Tage den Suchaufruf nach Pater García Talavera. Es schien ihm fast wie Gedankenübertragung, denn er wollte den Priester nun oben im Gebirge aufsuchen. Nach längerer Zeit ohne Lebenszeichen hatte die Polizei anscheinend die Suche nach dem Vermissten verstärkt und schickte nun in kurzen Abständen ausführliche Fahndungsberichte über den Äther, mutmaßte Serrat. Es gab diesen Meldungen zufolge zu seiner Beruhigung noch immer keine Anzeichen für eine Entführung des Geistlichen. Sie verwiesen nur darauf, dass die Lage von Pater García Talavera ohne Medikamente stündlich kritischer würde, sollte er irgendwo verunfallt sein. Der Radiosprecher betonte diese mögliche Lebensgefahr mehrmals mit gewichtiger Stimme.

Auf demselben Sender hörte Jordi Serrat auch die Nachricht vom gewaltsamen Tod der Karnevalistin. Die Leiche war also bereits gefunden worden. Der Radiosprecher äußerte die Vermutung, dass der Mörder bestimmt ein Karnevalsgegner sei, und berichtete, man wolle eine Sonderkommission einsetzen, um ihn zu jagen und schnellstmöglich dingfest zu machen.

»Na dann, Waidmannsheil!« Serrat grinste vor sich hin und machte sich mit Appetit über sein Frühstücksei her.

Seine frühmorgendliche Zeitungslektüre brachte ihm noch eine zweite Nachricht über den Priester. Die Zeitung El Día hatte im mittleren Teil einen Aufruf im Namen der katholischen Kirche formuliert:

»Der vermisste Priester aus La Laguna benötigt dringend ein Schilddrüsen-Medikament! Üblicherweise benutzt er das lebenswichtige Hormon mit der Bezeichnung Thyroxin Henning 200 in Tablettenform. Wenn eine ausreichende Versorgung über mehrere Tage ausbleibt, hat das lebensbedrohende Folgen für den in der Universitätsstadt beliebten Pater. Die Bevölkerung wird aufgefordert, bei den zuständigen Polizeidienststellen auffällige Beobachtungen, etwa in Apotheken, Arztpraxen oder in Krankenhäusern, sofort zu melden.«

Jordi Serrat machte dieser Aufruf endgültig klar, dass er seinem ehemaligen Lehrer keine Medikamente besorgen durfte. Er würde sich sonst selbst in Gefahr bringen. Die Entführung des Priesters allein war schließlich schon eine kriminelle Handlung. Dass es bei einer Enttarnung zu Rückschlüssen auf die tote Karnevalistin käme, war nicht zwingend vorherzusehen, aber zu befürchten.

Bevor Serrat ins Gebirge fuhr, ging er wieder zum Supermarkt, um wenigstens einen Kanister frisches Trinkwasser zu kaufen. Auf der Fahrt zum Höhlenhaus hörte er im Radio ein weiteres Mal die Meldung über den verschwundenen Priester. Er suchte verstimmt und ein wenig beunruhigt über so viel Getöse mit dem Regler einen anderen Sender, denn er wollte sich gerade heute die Laune nicht verderben lassen.

Es sollte sein Tag werden! Seit langem fühlte er sich wieder einmal gutgelaunt und frohen Mutes. Als nun aus dem Lautsprecher ein neuer Karnevalshit ertönte, summte er die Melodie vergnügt mit. Unten am Ozean ließ er die elektrischen Fensterscheiben herunter. Er hatte endlich wieder einmal Lust, den Geruch von Seeluft zu schnuppern und dem Kreischen der Möwen zu lauschen.

Von seiner heutigen Begegnung mit Pater García versprach er sich viel. Sie würde ganz anders werden als die vorhergehenden. Er fühlte sich nach seiner erfolgreichen Tat dem Pater erstmals überlegen. Er hatte dessen Bewertung der Frauen nicht nur übernommen, sondern zusätzlich mit dem Tod eines Opfers Konsequenzen gezogen, die der Priester nicht vorweisen konnte. Er hatte auch keinen Zweifel mehr, das Amt als Schulleiter ausfüllen zu können. Die Welt hatte sich für ihn mit seiner Tat entscheidend verändert.

Plötzlich kam ihm sogar der Gedanke, doch noch Kontakt zu seinen Kollegen aufzunehmen, um mit ihnen gemeinsam Karneval zu feiern. Der Karneval hatte ihm schließlich Glück gebracht, und ein Treffen mit den Kollegen konnte seiner beruflichen Zukunft zugutekommen.

Wenn er am Abend wieder zu Hause sein würde, wollte er einen Rundruf starten, um ein Treffen mit ihnen zu arrangieren. Er wunderte sich, dass er in seiner Euphorie den Karneval auf einmal als Rausch der Farben, als ein Fest der Freude und Sinne empfand. Während der berühmten 27 närrischen Tage würden noch viele wichtige Feierlichkeiten stattfinden, und er wollte sich nicht mehr davon ausschließen, befand er voll Unternehmungslust.

Nach diesem Entschluss kam er rasch wieder auf das zurück, was er als nächstes vorhatte. Er hatte mit seiner

Tat großen Mut bewiesen, Pater García Talavera musste das heute einsehen und ihn dafür loben!

Plötzlich kamen ihm jedoch Zweifel, ob er dem Geistlichen wirklich alles erzählen durfte. Er wusste, dass seine Tat von seinen Mitmenschen verurteilt wurde. Diese empfanden seine Bestrafung, blind wie sie waren, eher selbst als strafwürdig. Mit Pater García konnte es ihm genauso ergehen. Deshalb sollte er sich vielleicht besser nicht in seine Hände begeben.

Er durfte keinesfalls von der Polizei entdeckt werden. Dazu hatte er noch viel zu viel vor. Jordi Serrat fühlte sich gerade jetzt obenauf und wollte nicht gleich wieder zum Verlierer werden. Er hatte sein Schicksal selbst in die Hand genommen und fühlte sich mit einem Mal Herr der Lage. Ihm wurde bei dieser Erkenntnis regelrecht schwindelig vor Glück.

Allerdings ärgerte ihn allerdings sofort wieder, dass er mit niemandem darüber sprechen konnte. Er hatte keinen echten Seelenverwandten. Alle anderen waren zu kleinmütig, selbst sein Lehrmeister, den er im Felsenhaus gefangen hielt. Auf dem Weg bergauf wurde seine gute Laune zunehmend getrübt.

Er musste zu seinem Ärger auch noch hinter einem Touristenbus herkriechen. Fast noch mehr ärgerte ihn, dass einige Wanderurlauber ihm aus der großen Rückscheibe des Busses lachend zuwinkten. Erst nach einer Viertelstunde, bei der ersten möglichen Abzweigung, trennten sich die Wege der beiden Fahrzeuge. Serrat konnte aufatmend auf die Tube drücken.

Heute war eben doch sein Tag! Er würde dem Priester zeigen, aus welchem Holz er geschnitzt war. »Auf Augenhöhe, auf Augenhöhe«, wiederholte er mehrfach stolz vor sich hin.

Als er die Parkbucht erreicht hatte, machte er sich wieder mit Vorfreude auf den Weg durch das Buschwerk. Schnell und unbekümmert eilte er voran, ohne auf die Zweige zu achten, die ihm ins Gesicht schlugen, er fühlte keinen Schmerz. Die Streifen, die die Zweige auf seiner Haut hinterließen, sollten ihm erst am Abend im Spiegel seines Badezimmers auffallen.

Als er am Höhlenhaus ankam, beschloss er, es heute anders zu betreten als die Tage zuvor. So wie es einem Siegertyp gebührte. Er ging als erstes zur Holzlade vor dem Fenster und öffnete das Vorhängeschloss, hakte es aus und klappte die Lade weit zur Seite. Dann erst schloss er die Haustüre auf, öffnete sie und ließ sie ebenfalls weit aufstehen.

»Es werde Licht«, dachte er grinsend, »ich erscheine im strahlenden Schein!« Dann trat er ein. Es funktionierte! Er trat aus der Helligkeit in die Helligkeit.

Doch der Zustand, in dem er den Priester antraf, ließ seine Freude gefrieren. Mit Entsetzen sah er Pater García Talavera an, den die wenigen Tage in seinem dunklen Verlies erkennbar verändert hatten. Seine Kleider wirkten schmutzig und derangiert. Die Tränensäcke unter den Augen waren hervorgetreten. Auch die Altersflecke in seinem Gesicht kamen stärker zur Geltung. »Der ist völlig zerknautscht, grau und schlecht rasiert. Er würde sein eigenes Gesicht kaum noch im Spiegel erkennen«, dachte Jordi Serrat.

Nur das Selbstvertrauen des Gefangenen schien ungebrochen. Mit unverändert arrogantem Blick sah er seinem

Entführer entgegen. Oder war da doch etwas anderes in seiner Gestik? Ja, die Hände des Priesters schlossen und öffneten sich nervös.

»Wie lange soll das noch so weitergehen?«, blaffte er Jordi Serrat ohne Umschweife an.

Der antwortete mit trotzigem Schweigen. Er grübelte immer noch über den schleichenden Verfall seines Gefangenen. »Das Abgeschirmtsein vom Sonnenlicht und von den Wärmestrahlen haben ihn geschwächt, vielleicht auch die fehlenden Medikamente«, dachte er.

Er sah, dass auch die Lebensmittel nur spärlich angerührt worden waren. Der Priester hatte anscheinend nichts getan, um bei Kräften zu bleiben. Von diesem Wrack konnte er keine Anerkennung und kein Lob erwarten. Seine Erwartungen würden sich wohl wieder nicht erfüllen.

Als der Pater sah, dass er mit Arroganz bei Serrat nicht weiterkam, schlug er eine andere Saite an. Er verlegte sich aufs Bitten: »Auch wenn wir fast in nichts übereinstimmen, mein Sohn, lass dich wenigstens überzeugen, endlich einzulenken, und gib mich frei. Schon Paulus hat uns mit auf den Weg gegeben, dass die Liebe zum Nächsten uns am meisten verpflichten sollte. Sie soll größer sein als Glaube, Hoffnung und Hass. Mich, einen kranken alten Mann festzuhalten, ist eine Sünde! Ich bin fast 80 Jahre alt, ein Stück welkes Fleisch, das bald sterben wird.«

Als Pater García Talavera mit diesen Worten Serrat bittend seine Hände entgegenstreckte, sah der, dass die Fingernägel des Priesters schmutzig, kantig und lang geworden waren. Übel riechende Unreinlichkeit bestimmte nun das Äußeres des einstmals wohlmanikürten Priesters.

Schon aus Enttäuschung reagierte Jordi Serrat wütend auf den schwülstigen Monolog von Pater García. Das war also seine neue Methode: Um Milde jammern, sich auf die Bibel berufen, um sich aus seiner misslichen Lage fortzustehlen! Das war nicht mehr der Mann, mit dem er sich heute Morgen noch so dringend hatte messen wollen. Jordi Serrat fand nur hämische Worte für ihn: »Du zeigst dich zimperlicher, als du es mir je zugestanden hast. Dass meine Reaktion darauf kein Lobspruch sein kann, müsstest du eigentlich einsehen.«

Pater García Talavera war verzweifelt, denn mittlerweile fühlte er sich wirklich schwach. Er war zu müde, um zu kämpfen. Das Fehlen seiner Tabletten machte sich immer deutlicher bemerkbar. Es fiel ihm schwer, Serrat nochmals um die Medikamente zu bitten, aber im Anblick der Todesgefahr tat er es doch. Schließlich wollte er leben.

Doch Jordi Serrat winkte nur angewidert ab. Aus eigener Erfahrung wusste er genau, wie es sich anfühlte, wenn einen die Angst in die Verzweiflung trieb, und er sah mit Schadenfreude, dass dies gerade mit dem Priester geschah. »Wenigstens erwächst dadurch etwas Freude für mich«, dachte er verbittert. Eigentlich hatte er sich einen anderen Ablauf des Treffens und ein ganz anderes Gefühl von Genugtuung vorgestellt. Jetzt blieb ihm nur diese kleine Freude.

»Trink viel Wasser, das wird dir helfen. Ich habe dir einen frischen Kanister mitgebracht«, sagte er nun mit einem hässlichen Lächeln, um diesen Triumph wenigstens noch ein wenig auszukosten. Das war aber dann auch schon alles. Diese jämmerliche Gestalt auf dem Bett in der Ecke konnte ihm nicht als Reibungsfläche dienen oder gar Vorbild sein. Jordi Serrat beschloss, den Priester für heute wieder zu verlassen. Sollte er doch in seiner Schuld verrotten.

Er verschloss das Haus, nahm den leeren Kanister mit und machte sich enttäuscht auf den Heimweg. Auf die flehentlichen Worte, die Pater García Talavera trotz seiner Schwäche hinter ihm herrief, reagierte er nicht.

Dass Serrat wieder den leeren Wassertank in San Andrés im Container für Plastikmüll entsorgte, wurde von dem neugierigen Anwohner schon ein wenig als »business as usual« betrachtet, aber sehr wohl registriert.

Jordi Serrat war in Gedanken und merkte davon nichts. Ohne Umweg kehrte er nach Hause zurück. Dort goss er sich ein Wasserglas voll Brandy ein und schüttete es sich auf einen Sturz in die Kehle. Wärme und ein beißender Schmerz breiteten sich in seinem Inneren aus. Dieser Schmerz holte ihn ein wenig aus seiner Enttäuschung zurück. Etwas Freude war immer noch angesagt, schließlich hatte er seine Vorgabe erfüllt, wenn nicht gar übertroffen. Pater García Talavera jedenfalls war ihm kein ebenbürtiger Gegner mehr. Der ließ ihn so schnell nicht mehr durch den Reifen springen!

Vor dem Schlafengehen startete Jordi Serrat noch den geplanten Rundruf an seine Kollegen, und er hatte Erfolg damit. Bald hatten sich fünf von ihnen mit ihm für den morgigen Abend verabredet.

Miguel Suárez, Ismael Fuentes, Felipe Sánchez, Gilberto Ramírez und Luis Rosario würden neben ihm dabei sein.

19

Die Sekretärin von Javier Torres, dem Polizeipräsidenten von Puerto de la Cruz, sah auf dem Display ihrer Telefonanlage, dass ihr Chef sein Gespräch beendet hatte.

Sie hatte ihm vor gut einer Viertelstunde den Bürgermeister von Santa Cruz durchgestellt. Nun war sie neugierig, um was es sich zwischen den beiden Männern gehandelt hatte.

In einer Unterschriftsmappe auf ihrem Schreibtisch lagen mehrere vorbereitete Briefe für Torres. Sie nahm die Mappe, um sie in sein Büro zu tragen und verband damit die Hoffnung, etwas zu erfahren, denn das Telefonat war bestimmt noch in seinen Gedanken.

»Alles im grünen Bereich«, dachte sie, als sie den Polizeipräsidenten mit einem geschmeichelten Lächeln hinter seinem großen Schreibtisch sitzen sah. Auch nach längerem Zuwarten machte er ihr allerdings nicht die Freude, etwas zu erzählen, und so ergriff sie die Initiative: »Muss ich in Sachen Bürgermeister irgendeinen neuen Termin vorhalten?«

Torres sah sie irritiert an: »Es gibt keine »Sache Bürgermeister«, Señor Ferrero hatte lediglich eine kleine Bitte an mich. Bitte rufen Sie Teniente Ramón Martín zu mir.«

»Aha, die Bitte betrifft also den Einsatzbereich der Beamten. Warum soll ich sonst den Inspektor herbeizitieren?«, dachte sie und machte sich an die Arbeit.

Teniente Ramón Martín war im Büro, und so erschien er schon nach wenigen Minuten beim Präsidenten. Er klopfte selbstsicher an dessen Tür, und auf Torres' aufforderndes »Herein« betrat er den Raum. Der Präsident saß über einer Unterschriftsmappe gebeugt und ließ, trotz Martíns Eintreten, nicht davon ab, weiter in einem Brief zu lesen.

Martín schaute sich geduldig wartend um. Auf dem Schreibtisch stand das Stadtwappen von Puerto de la Cruz. Ein Lächeln huschte über die männlichen Züge des Komissars. Ein jeder im Haus wusste, dass Torres ein bekennender Bürger der Stadt war. »In dritter Generation hier geboren«, machte die Runde, wenn man darauf zu sprechen kam. Sein Blick wanderte weiter auf das in schwerem Silber gerahmte Foto eines sympathischen Hochzeitpaares. Ramóns Lächeln wurde breiter: Die Geschichte von der Hochzeit seiner Tochter kannte ebenfalls jeder von ihnen. Ihre Vorbereitung und Durchführung hatte einen großen Teil des Polizeiapparates auf Trapp gehalten.

In dieses breite Lächeln hinein schaute der Präsident nun auf: »Hallo Teniente, schön dass Sie etwas zu lachen haben!«

Teniente Ramón Martín fühlte sich ein wenig ertappt, wurde ernst und grüßte zackig. »Zu Ihren Diensten, Presidente!«

Torres kam sofort zur Sache: »Ich habe Sie in die Hauptstadt weggelobt, Martín. Dort sucht man nach dem Mord an einer Karnevalistin einen fähigen Einsatzleiter für eine SOKO, der den hässlichen Fall löst, bevor er zu Unruhen unter den Karnevalisten führt. Da kamen Sie mir in den Sinn, mit Ihren Erfahrungen in kniffligen Mordfällen…«

Teniente Martíns Mimik veränderte sich von überrascht zu ein wenig stolz, aber letztendlich bestürzt. Überrascht, weil das, was er zu hören bekam, ziemlich unüblich war. Ein wenig stolz, weil Lob aus dem Mund des Präsidenten höchst selten vorkam. Und letztlich enttäuscht, weil er darauf vertraut hatte, dass es während der fünften Jahreszeit in seinem Dienstbereich so ruhig bleiben würde wie bisher. Er hatte mit Teresa so viel vor, und nun das!

Javier Torres sah das wechselnde Mienenspiel, aber er ging darüber hinweg und erläuterte stattdessen einige wesentliche Details:

»Mein Freund Esteban Ferrero, der Bürgermeister von Santa Cruz, hat mich um diese Hilfe gebeten und dabei einige Wünsche geäußert, die von Ihnen gehörig Fingerspitzengefühl abverlangen: Ein gewisser Teniente Hugo Silva hat die Erstermittlung kompetent geleitet. Er hat Ihren Dienstrang, ist allerdings etwas jünger. Er ist lokal bestens vernetzt und hat hervorragende Kontakte zu den Medien, die es schließlich ruhig zu halten gilt. Er soll neben Ihnen die Kommission leiten und bei ihrer Zusammensetzung ein Wörtchen mitreden.«

Teniente Martín hielt mit seiner Meinung nicht hinter dem Berg: »Zwei Häuptlinge sind nie gut, Presidente«, brachte er unwillig heraus.

»Nun, Martín, sie sind Dienstältester, Erster unter Ranggleichen, ich vertraue auf Ihr Geschick. Dieser Silva soll im Übrigen ein netter Kerl sein.«

Ramón Martín merkte, dass jeder weiterer Widerspruch zwecklos war und fand sich mit diesem ungeliebten Auftrag ab. Nachdem Einzelheiten abgeklärt waren, verabschiedete er sich und ließ einen zufriedenen Polizeipräsidenten zurück: »Meine Männer sind einfach gut und brauchen sich vor niemandem zu verstecken«, dachte der stolz.

Martín beschloss, als »Erster unter Ranggleichen« die Initiative zu ergreifen, und rief Hugo Silva an. Die freundliche Stimme auf der anderen Seite machte ihn zuversichtlich, dass mit Silva eine Zusammenarbeit auf Augenhöhe möglich war. Nachdem sie einige Höflichkeiten ausgetauscht hatten, kamen sie auf die Zusammensetzung der »SOKO Karnevalsmörder« zu sprechen.

»Ich würde vorziehen, auf bewährte Kräfte zu setzen«, begann Martín.

»Mir scheint nichts dagegen zu sprechen, an wen haben Sie gedacht?«, blieb Hugo Silva in der Defensive.

Ramón Martín nannte seine Kandidaten und ihre Qualitäten: Inspektor Vicente Morales hatte er einmal nach einem beruflichen Fehler aufgefangen und seine Psyche wieder aufgerichtet. Er war für ihn deshalb seither ein besonders loyaler Mitarbeiter, der sein großes Fachwissen unermüdlich für die jeweilige Sache einbrachte.

Subteniente José Gómez aus Icod de los Vinos hatte er bei einem anderen Fall kennen und schätzen gelernt. Auf dessen pragmatische, flexible Art wollte er trotz der weiten Anfahrt zum Tatort nicht verzichten.

Frau Doktor Teresa Zafón mit ihrem profunden psychologischen Fachwissen war für ihn ein unbedingtes Muss. Natürlich spielte seine persönliche Zuneigung für sie bei der Auswahl mit hinein.

Schlussendlich sah er Ana, seine Sekretärin, für die wichtige Aufgabe vor, den Informationsfluss, die Terminvereinbarungen und die Organisation der Gruppe aufrechtzuerhalten. Außerdem sollte sie für die Protokoll- und Aktenführung verantwortlich sein.

Hugo Silva ging gar nicht auf Martíns Kandidaten ein und nickte sie somit ab. Er selbst brachte die folgenden Namen ins Spiel: Er verlangte die Berücksichtigung von Polizeiarzt Doktor Mendoza, der zu den medizinischen Erstuntersuchungen am besten Auskunft geben konnte. Als örtlichen Joker wünschte er sich noch seinen Mitarbeiter Cabo Juan Vidal.

»Wir müssen ein erstes Zusammentreffen festlegen«, meinte Martín.

Teniente Silva schlug schon den Nachmittag vor. »Wir treffen uns in meinem Büro. Schließlich geschah der Mord in meiner Stadt, und wir können von dort aus auch eine Tatortbesichtigung vornehmen.«

Sie hatten sich auf das Treffen genauso leicht geeinigt, wie auf die anderen Punkte. Als sie das Gespräch beendeten, war Martín erleichtert, wie reibungslos alles über die Bühne gegangen war. Das musste sich positiv auf ihre Arbeit auswirken! »Zwei Häuptlinge« schien kein Problem mehr zu sein.

Teniente Silva ließ trotz Heimrecht seinem älteren Kollegen im Treffen das erste Wort.

Ramón Martín kam sofort zur Sache: »Wir haben bisher teils wenig miteinander zu tun gehabt und kennen uns nicht allzu gut. Ich schlage deshalb vor, dass wir besonders ›verzahnt‹ arbeiten, wie ich das nenne. Das heißt, wir ermitteln zwar parallel in verschiedene Richtungen, versuchen aber durch den gegenseitigen Austausch unserer Rückschlüsse auf dem gleichen Informationsstand zu bleiben. Meiner Sekretärin Ana wird es sicherlich gelingen, den Informationsfluss unter uns in diesem Sinne zu koordinieren. Lassen Sie mich meine Vorstellung der Zusammenarbeit präzisieren:

Frau Doktor Zafón wird uns als Kriminalpsychologin helfen, den Täter zu verstehen und dadurch möglichst bald zu überführen. Sie wissen, es ist Eile geboten. Man erwartet von uns Ergebnisse. Teniente Hugo Silva hat mit seinem Ersterhebungsprotokoll exzellente Grundlagenarbeit geleistet. Er verfügt über beste Ortskenntnisse und Kontakt zu den Medien. Cabo Juan Vidal ist sein Bindeglied zur örtlichen Polizeitruppe. Doktor Mendoza ist für uns unentbehrlich. Die Auswertung der Ergebnisse des rechtsmedizinischen Instituts fällt mit seiner Kenntnis aus der Erstuntersuchung bestimmt viel leichter. Und schließlich haben wir mit den Kollegen Vicente Morales und José Gómez zwei besonders tüchtige Ermittler an unserer Seite für die vielen zu erwartenden Einzelaufgaben.

Wir sind mitten in der Karnevalszeit und können in der Stadt keinen ungeklärten Mordfall gebrauchen. Wir benötigen ein schnelles Ermittlungsergebnis! Unsere Gruppe muss in sich funktionieren, so dass alle möglichen Synergie-Effekte erkannt und genutzt werden. Dass jeder von uns bereit ist, alles Wissen zu bündeln, also keine Alleingänge. Dass jede Art Information schnell für alle verfügbar wird und dass alle Mitglieder der SOKO möglichst viele brauchbare Hypothesen bilden. Dem muss dann natürlich im zweiten Schritt eine Objektivierung dieser Hypothesen durch eine entsprechende gemeinsame Prüfung folgen.

Ich hasse Menschen, die andere umbringen und auch noch glauben, ungeschoren davon zukommen! Ich will den Täter also schnellstmöglich fassen. Danke für Ihre Aufmerksamkeit.«

Nach einem kurzen Moment der Stille klopfte Inspektor Morales mit seiner Hand zustimmend auf die Tischplatte, und nach und nach schlossen sich die anderen an.

Inspektor Hugo Silva, der in der Polizeidienststelle seinen Arbeitsplatz hatte, ergriff nun das Wort. Nach einigen Worten der Begrüßung und der Zustimmung für Ramón Martín lieferte er den Kommissionsmitgliedern zwei wichtige Informationen:

»Das Institut für Rechtsmedizin hat schnell gearbeitet. Doktor Mendoza wird uns, wie von Teniente Martín angekündigt, darüber berichten. Meine Mitarbeiter haben das persönliche Lebensumfeld der Toten untersucht. Sie konnten dabei Aussagen der Eltern und Arbeitskollegen einholen. Meine Leute haben sich Mühe gegeben, den Eltern der Ermordeten Trost zu spenden und Rücksicht auf ihr Befinden zu nehmen. Sie fanden erwartungsgemäß wenig Zugang zu ihnen, denn sie trafen auf eine Mauer von Hass, auf blank liegende Rachegelüste und trotziges Schweigen. Nicht einmal der Satz, ›Wir werden den Mörder finden, ich verspreche das!‹ machte Eindruck auf diese verzweifelten Menschen. Den detaillierten Bericht von Cabo Juan Vidal darf ich Ihnen in Kopie verteilen. Er selbst steht für zusätzliche Auskünfte zur Verfügung.«

Hugo Silva ließ einen Stoß Blätter um den Tisch gehen und sagte dazu: »Lassen Sie mich das Wesentliche aus diesem Bericht zusammenfassen: Die Tote lebte als geliebtes Einzelkind im Haushalt ihrer Eltern. Diese waren mächtig stolz auf den Erfolg ihrer Tochter im Karneval. Adelina Mota war seit fünf Jahren Schadenbearbeiterin in einem

Versicherungskontor unten am Hafen. Sie galt als allseits beliebt und war seit längerem ungebunden. Frau Mota fühlte sich in dieser Situation anscheinend wohl und hatte bestimmt keine Langeweile. Sie verkehrte in mehreren Cliquen, in denen sie ihre Hobbies auslebte. Das tat sie im Fitnessclub, in der Karnevalsvereinigung und im Laientheater. Dort fand sie anscheinend genügend Sozialkontakte für ihre Bedürfnisse. Die junge Frau hatte bisher keine schlechten Erfahrungen mit Menschen gemacht. Sie ging offen und fröhlich auf jeden zu, das ist die einhellige Beschreibung aus ihrem Umfeld.«

»Einmal ist immer das erste Mal«, fiel ihm Ramón Martín ins Wort.

»Das ist richtig«, griff Silva seinen Einwurf auf, »aber die Beschreibung ihres Wesens passt genau zu den Feststellungen, die wir am Tatort machten. Sie starb, vom Mörder überrascht, völlig ohne Gegenwehr, was ich in meinem Bericht betont habe. Frau Mota scheint bis zuletzt, genauer gesagt bis zu ihrer Ermordung, arglos gewesen zu sein.«

Teresa Zafón trat Hugo Silva zur Seite und ergänzte seinen Bericht: »Ich stimme Teniente Silva zu. Die Ermordete kann kein Angstgefühl gehabt haben. Angst ist in solchen Fällen eigentlich eine durchaus nützliche Emotion. Sie pumpt Adrenalin durch die Adern und macht bereit, zu kämpfen oder zu fliehen. Für beides finden wir nach Hugo Silvas Schilderung keinerlei Anzeichen. Mit Angst und etwas Glück wäre Frau Mota vielleicht mit dem Leben davon gekommen.«

Teniente Martín versuchte, nach diesen Vorträgen das Heft wieder in die Hand zu nehmen: »Wir sollten also den eingeschlagenen Weg weitergehen. Doktor Mendoza, erläutern Sie uns bitte die restlichen Fakten, die wir noch nicht kennen.«

Der Doktor setzte sich in Positur und begann: »Die Obduktion der Leiche im Institut für Rechtsmedizin fand bereits am frühen Morgen statt. Der Bericht enthält folgende wesentlichen Feststellungen und bestätigt vieles, was wir bereits annahmen: Die Messerstiche wurden mit enormer Wucht ausgeführt. Morde mit Messern sprechen für männliche Täter. Folglich sind die Stiche mit hoher Wahrscheinlichkeit von einem Mann ausgeführt worden.«

»Das haben wir nun schon so oft gehört, dass wir wirklich von einem Mann ausgehen sollten«, warf Ramón Martín ein.

Doktor Mendoza fuhr nach einer kurzen, verschnupften Bedenkpause fort: »Die Stöße wurden so hart ausgeführt, dass dort, wo sie auf das Knochengerüst des Opfers trafen, Gefahr bestand, dass sich die Klinge verbog oder gar brach. Die Klinge muss, nach der Tiefe der Einstiche in die Weichteile, mindestens 15 cm lang gewesen sein. Als Tatwaffe kommt nach der Ausformung der Einstichkanäle ein einseitig geschliffenes Klappmesser infrage.

Es spricht vieles dafür, dass sich der Mörder nach dem ersten, bereits tödlichen Stich in einen Blutrausch gesteigert hat. Die drei Stiche erfolgten heftig und in schneller Abfolge. Beim Stich in den Oberkörper war der Mörder noch voll konzentriert, der erste Stich war deshalb bereits tödlich. Der Stichkanal wies in Richtung Herz, die linke Herzkammer wurde durchstochen, aber eine Rippe wurde dabei verletzt und gebrochen. Der Mörder war sicher kein Profi, der hätte eine bessere Einstichstelle gewählt.

Die Stiche in den Unterleib erfolgten erst, als dass Opfer schon lag, mit Sicherheit *post mortem*. Diese zahlreiche, für den Tod unnötigen Stiche sprechen für die anwachsende Wut des Mörders. Die Tatsache, dass Frau Mota keinerlei Abwehrverletzungen hat, wurde bereits von mir gedeutet. Der Täter dürfte trotz der Vielzahl der Stiche keine Blutspuren an Kleidung oder Händen gehabt haben. Das wenige ausgetretene Blut wurde von der Kleidung des Opfers aufgesogen und zurückgehalten. Der Mörder hatte sich nicht an der Frau vergangen. Es gibt keine Anzeichen für Vergewaltigung, kein DNA-Profil, keinen genetischen Fingerabdruck! An Frau Motas Leiche wurden keine fremden Hautzellen, Speichel oder Sperma gefunden. Er hat zugestochen und die Tote einfach liegen lassen. Ferner konnte man bestätigen, dass Frau Mota in der jüngsten Zeit keinen Beischlaf hatte und nicht schwanger war.«

Als Doktor Mendoza zum Ende gekommen war, meinte Teniente Martín: »Gut, jetzt liegen alle Fakten auf dem Tisch. Ich lade Sie nun zur Hypothesenbildung ein. Vielleicht gelingt es uns gemeinsam, erste Eingrenzungen vorzunehmen, auf denen wir aufbauen können. Lassen Sie mich den Takt vorgeben, aber bitte unterbrechen Sie mich, wann immer Sie etwas zu ergänzen oder zu korrigieren haben. Der Mörder ist ein Mann. Er muss von passablem oder auch vertrautem Aussehen sein, denn er verursachte bei dem Opfer keine Angstgefühle.«

»Vielleicht kam er ja, wie Hugo Silva mutmaßte, mit Frau Mota aus dem Theater und war verkleidet. Das wäre eine einleuchtende Erklärung für die Arglosigkeit des Opfers. Sie fühlte sich unter Ihresgleichen«, warf die schöne Psychologin Teresa Zafón ein.

Ramón Martín nickte: »Damit hätten wir den ersten Ansatzpunkt, wenn auch in zwei Lesarten. Teniente Silva, wir sollten durch Befragungen und Aufrufe klären, ob jemand das Opfer mit einem kostümierten Gast gesehen hat, oder wenigstens ob jemand gesehen hat, dass ein Fremder sich Frau Mota im Theater auf besondere Weise genähert hat. Vielleich gelingt es so, eine der beiden Lesarten zu erhärten.«

Hugo Silva machte sich Notizen und schlug vor: »Wir sollten auch abfragen, ob irgendjemand im weiteren Umfeld der Tat ein Messer gefunden hat.«

»Einverstanden«, stimmte ihm Teniente Martín zu und kam auf den nächsten Punkt zu sprechen: »Das Opfer hatte zumindest im Zeitraum kurz vor seiner Ermordung keinen Geschlechtsverkehr, wir können also wohl mit ziemlicher Sicherheit eine Beziehungstat ausschließen.«

»Dann hat die bekannte Faustregel, die ich sonst angeführt hätte, für uns keinen Sinn«, meldete sich Teresa Zafón zu Wort.

»Welche Faustregel ist das?«, wollte Inspektor Martín wissen.

»Frauen töten, um jemanden loszuwerden, Männer hingegen, um jemanden zu halten! Diese Regel gilt also nicht. Damit dürfte Frau Mota ein Zufallsopfer sein, und wir haben es mit einem grausamen Lustmord zu tun. Vielleicht erfolgte er zur Befriedigung des Geschlechtstriebes, oder aber es handelt sich um ein Ritualverbrechen. In letzterem Falle müssten wir noch mit weiteren vergleichbaren Morden rechnen, wenn wir den Mörder nicht schnellstmöglich stoppen. Je länger ich darüber nachdenke: Vieles spricht dafür, dass der Mord auch irgendwie Strafcharakter hat.

Würden sexuelle Vorlieben vorneanstehen, hätten wir die Leiche sicher mit bloßem Unterleib vorgefunden. Die Befriedigung des Mörders erfolgte auch nicht direkt durch den Akt der Tötung, sondern im Nachhinein durch die Stiche in die Vagina. Warum das geschah, ist noch zu klären.« Nach diesem längeren Monolog holte Teresa Zafón tief Luft und lächelte in die Runde.

»Haben Sie schon eine Idee, warum der Mörder die Stiche in den Unterleib ausführte?«, wandte sich Teniente Martín an die Psychologin und benutzte vor den Kollegen das förmliche Sie, obwohl er sich mit Teresa schon seit längerem duzte.

»Warum setzte der Mörder weitere Stiche in den Unterleib, obwohl die in die Herzgegend schon tödlich waren?«, wiederholte Teresa Zafón seine Frage. »Warum hat der Täter den Unterleib noch malträtiert, obwohl er den Tod seines Opfers schon herbeigeführt hatte? Das sind meines Erachtens die Kernfragen. Die Stiche in den Unterleib sind auf jeden Fall eine persönliche Handschrift des Täters und damit geeignet zu seiner Identifizierung. Der Mörder hat mit ihnen Spuren seiner Gefühlswelt hinterlassen und uns damit ein Stück von seinem Innersten preisgegeben.«

»Könnten Sie das etwas konkreter erklären?«, fragte Subteniente José Gómez etwas verwirrt.

»Nun ja, ich könnte fürs erste zwei denkbare Interpretationen anbieten: Der Mörder hat Angst vor Frauen und bekämpft sie mit den Messerstichen. Möglicherweise musste er dafür die Frau erst töten, bevor er sich ihr im Intimbereich zu nähern wagte. Dann aber wurde das Messer zu seinem Ersatzpenis. Immer wieder drang er mit ihm in die Vagina der Frau ein. Wenn diese Lesart richtig ist, gibt es eine ziemlich abgesicherte Folgerung: Der Mörder ist impotent, und die Stiche sind seine grausame Ersatzbefriedigung! Dann hätten wir es doch mit einem sexuellen Lustmord zu tun, auch wenn der Körper der Toten nicht entkleidet wurde.

Vielleicht sind die Stiche in die Scham aber doch einfach nur Zeichen tiefen Grolls. Das weibliche Geschlecht im Allgemeinen oder auch im Besonderen müsste dann den Mörder irgendwie tief verletzt haben, womit wir wieder beim Strafcharakter der Tat wären, den ich oben schon erwähnt und erklärt habe. Als Strafe für eine verbale Beleidigung kennen wir zum Beispiel die Verstümmelung der Zunge. Bei einem Racheakt wegen körperlicher Züchtigung beschädigen solche Täter die Hände ihrer Opfer. In unserem Fall müsste also die Scham irgendeiner Frau dem Mörder herhalten, weil irgendeine Scham ihm eine schwere Kränkung zugefügt hat. Der Mörder bewirkt mit dem Mord zwar objektiv Böses, aber er sieht in ihm eine Strafe, aus der Gutes erwachsen muss. Der Mord ist aus seiner Sicht für die Ermordete eine verdiente Strafe an ihrer unreinen Scham.«

Teresa holte ihr kleines Notizbuch hervor und machte eine kurze Eintragung. Das Büchlein war in braunem Leder gebunden. »Das passt doch gar nicht zu dieser schönen schwarzhaarigen Frau«, dachte Ramón still für sich. »Da habe ich doch glatt ein Geschenkidee, ihr Notizbuch muss einfach schwarz sein!«

»Richtig verstanden, grenzen Sie damit die Motivlage ein«, meldete er sich dann ins Gespräch zurück. »Der Täter hat ein persönliches Motiv, wohl ein sexuelles Motiv. Ein Bereicherungsmotiv können wir ja ausschließen. Der

Mörder ließ immerhin sämtliche Wertgegenstände am Tatort zurück.«

»Völlig unverständlich ist mir der zertrümmerte Taschenspiegel.« Teniente Hugo Silva wies damit auf ein Faktum hin, das er in seinem Bericht besonders deutlich festgehalten hatte.

Teniente Martín schaute fragend zu der Psychologin, die sich zu diesem Problem nicht lange bitten ließ: »Bis in unsere Zeit hinein haben sich abergläubische Vorstellungen erhalten. Ein Beispiel dafür ist, dass ein zerbrochener Spiegel sieben Jahre Unglück bedeutet. Es ist ein weitverbreiteter Brauch, in einem Totenzimmer die Spiegel zu verhängen, sei es, damit die Seele des Verstorbenen ihre Ruhe finden kann, sei es aus Angst, seine Seele könnte durch den Spiegel wiederkehren und Unheil über die Lebenden bringen. Vielleicht ist der zerstörte Spiegel symbolisch ein zugehangener Spiegel und soll der Ermordeten wenigstens nach der Bestrafung ewige Ruhe bescheren. Vielleicht will sich der Mörder aber auch mit dessen Zerstörung selbst vor einer Wiederkehr der Seele der Toten schützen. Möglicherweise ist der Grund noch viel profaner: Die ermordete Frau hat sich in den Augen des Mörders schuldig gemacht, indem sie sich in dem Taschenspiegel kokett betrachtete. Deshalb musste er sie selbst wie auch den Spiegel vernichten.«

»Egal, welche Deutung schließlich zieht, wir können davon ausgehen, dass der gesuchte Mörder ein gebrochenes Verhältnis zu Frauen hat«, schlug Vicente Morales als unproblematisches Fazit vor. »Können Sie noch etwas Bedeutsames beisteuern?«, wandte er sich nochmals an die Psychologin.

»Ich weiß immer noch was, das wissen Sie doch«, antwortete Teresa Zafón mit einem verschmitzten Lächeln. »Unser Mörder hat mit den wütenden Stichen in den Unterleib und dem zerbrochenen Spiegel zwei unverkennbare Zeichen seiner persönlichen Handschrift zurückgelassen. Die Tat war nicht der Akt eines primitiven Sexmonsters. Ich halte den Täter vielmehr für recht intelligent, und er verfolgt eine Moral, wenn sie auch noch so verquer ist. Er dürfte ortsansässig sein. Dafür spricht, wie geschickt er den Ort für seine Tat ausgewählt hat, und auch die Einbettung der Tat in die für ihn günstige Karnevalszeit.«

Nun trat in der Runde Ruhe ein.

Ramón Martín suchte ein Ende der Wortmeldungen: »Ich glaube, unser Meinungsaustausch hat schon viel gebracht. Wenn man so alleine vor sich hin arbeitet, begreift man oftmals etwas nicht oder deutet es falsch. Erst im Austausch untereinander versteht man es. Wir sollten nun jeder für sich alles noch einmal überdenken und in einer Art Profil schriftlich zusammenfassen. Das tauschen wir dann aus, vielleicht bringt es uns wieder einen Schritt weiter. Im Idealfall bringt es uns einer Täterbeschreibung näher, das die Ermittlungen in die richtige Richtung lenkt. Ana hat übrigens fleißig mitgeschrieben und wird unsere Profile anhand ihrer Aufzeichnungen auswerten.«

»Und ich werde ihr Protokoll gerne Korrektur lesen. Wir Kleinen müssen ja zusammenhalten«, sagte José Gómez mit einem Lächeln zu Ana hin. In Wirklichkeit versprach sich der gewitzte Kerl weniger Arbeit bei seiner eigenen Skizze, wenn er Anas Protokoll dafür in Händen hielt.

Ramón Martín erkannte seine Absicht, aber er nickte gnädig und bekräftigte seine bisherigen Ausführungen nochmals: »Große Hoffnung setze ich in die Nachforschungen, die Teniente Hugo Silva nun anstoßen wird. Erst die Theorie und dann die Praxis, so haben wir es bisher gehalten, zum Schluss also die Praxis: Ich schlage vor, dass wir noch gemeinsam den Tatort besichtigen. An diesem Ort hat der Mörder schließlich seine Entscheidungen getroffen, böse Entscheidungen, die uns schon einiges verraten konnten über sein krankes Hirn.«

Die Kommissionsmitglieder machten sich auf den Weg. Zusätzliche Hinweise vor Ort fanden sie jedoch nicht. Sie tappten fürs erste noch im Dunkeln.

20

Am nächsten Tag wurde der Karneval auf der Straße gefeiert. Am späten Nachmittag fand der Umzug statt, die *Cabalgata Anunciadora*. Zusammen mit dem schrillen Korso der Karnevalsgruppen eröffnete die frisch gebackene Karnevalskönigin die Feierlichkeiten unter freiem Himmel. Der Umzug begann in der Avenida de Bélgica und schlängelte sich nahezu durch alle Straßen von Santa Cruz. An der Avenida Francisco La Roche sollte er am Abend enden. Dort spielte zum krönenden Abschluss ein großes Orchester zum Tanz auf.

Jordi Serrat hatte sich mit seinen Kollegen an der Ecke Avenida de Bélgica, Avenida de la Asunción verabredet. Alle Männer waren pünktlich am Treffpunkt. Jordi Serrat war etwas früher zur Stelle gewesen und schon längere

Zeit ungeduldig zwischen den Kostümierten herumflaniert. Er war meist überpünktlich. Heute hatte er einen besonderen Grund dafür, denn er wollte als Initiator des Treffens auf jeden Fall zur Begrüßung der anderen anwesend sein.

Um seinen Kollegen zu imponieren, hatte er sich kostümiert. Sein Priesterkostüm veranlasste einige Narrenpaare, ihn mehrfach scherzhaft aufzufordern, sie zu trauen. Jordi Serrat tat es, aber mit so ernster Miene, dass keine weiteren Bitten folgten. Er wollte nicht unnötig auffallen.

Drei von seinen Kollegen trugen zu seinem Entsetzen Frauenkostüme. Felipe Sánchez ging als Domina. Miguel Suárez und Gilberto Ramírez zeigten sich als in schwarzem Leder gekleidete Rockerbräute. Die beiden Lehrer kungelten auch in der Schule immer zusammen und hatten sich bestimmt wegen der Kostüme abgesprochen. Obwohl die Verkleidung als Frau nach wie von der katholischen Kirche missbilligt wurde, scherten sich die Männer der Insel in der närrischen Zeit nicht darum. In diesen Tagen wurde die Herrschaft der Kirche eben etwas zusammengestutzt!

Ismael Fuentes erschien als Weltraumritter in einer glänzenden Silberrüstung und schoss mit einer großen Raumfahrtpistole laut knatternd um sich.

Luis Rosario, der als Astronaut mit einer großen amerikanischen Fahne gekommen war, schlug vor, auf den Umzug zu warten und dann langsam mit ihm weiterzuziehen. »Wenn wir uns an jedem Kiosk etwas zu trinken holen, flanieren die Gruppen und fahren die Wagen alle an uns vorbei und wir lassen nichts aus«, meinte er lachend.

Alle waren mit seinem Vorschlag einverstanden, und Jordi Serrat beschloss, mit gutem Beispiel voranzugehen. Er führte sie an einen Ausschank, um sie mit Getränken zu versorgen. Er wollte schließlich die Männer für sich einnehmen.

Am Tresen standen ein Mönch und eine Nonne und tranken aus Reagenzgläsern knallbunte Flüssigkeiten. Das Kleid der Nonne war, ganz gegen die Regel, an einer Seite hoch geschlitzt und zeigte ein wohlgeformtes Bein. Die beiden »Diener der Kirche« tranken und lachten lautstark, so dass sogar die andauernden Samba-Rhythmen in den Hintergrund traten.

Teresa Zafón und Ramón Martín waren nach einem unergiebigen Treffen der Kommission in Santa Cruz geblieben, hatten sich ihre Kostüme angezogen und sich gut gelaunt unter die Leute gemischt. Den ersten Umzug der Saison wollten sie nicht versäumen.

Jordi Serrat bemühte sich, vor seinen Kollegen Charme zu beweisen. Er hob erfreut die Hand und winkte dem frommen Paar zu: »Hallo ihr zwei! Lasst mich in eurem Bund der Dritte sein, dann sind wir die Heilige Dreifaltigkeit!«

Ramón und Teresa lachten pflichtschuldig, beschäftigten sich aber schnell wieder mit sich selbst. Sie waren sich in diesem Trubel selbst genug. Das war ganz im Sinne von Jordi Serrat. Er knipste seinen Charme genauso schnell aus, wie er ihn aufgelegt hatte. Seine Begleiter hatten fröhlich gelacht, was wollte er mehr.

Er wusste nicht, wie nahe er in diesem Augenblick seinen Häschern gewesen war. Ahnungslos bestellte er für jeden seiner Kollegen ein Glas Cola-Rum. »*Salud*«, klang es launig im Rund, als die Gläser verteilt waren, und er nahm selbst prüfend einen Schluck davon in den Mund.

Eine Schöne, die ihn dabei beobachtete, rollte die Augen und flüsterte: »*Una esencia de amor*, ein verführerischer Liebestrank!« Jordi ging nicht auf sie ein, und so drehte sie bald schmollend ab. Es gab genug andere Männer, die auf ihre Verführungskünste warteten!

Rhythmisches Schlagen der Sambatrommeln kündigte das Kommen des Umzugs an. Einzelne, herrlich kostümierte Narren eilten dem Zug voraus und stellten sich fröhlich zur Schau. Gestalten aus glänzender Vergangenheit waren darunter: Azteken, Indianer, spanische Ritter und selbst die Ureinwohner der Insel kamen zur Geltung. In den schlichten Gewändern ihrer Urahnen konnten die Inselbewohner ihren Traum ausleben, irgendwie unabhängig vom Mutterland Spanien zu sein. Die Wartenden wiegten sich im Takt der Trommeln, und manche Trillerpfeife pfiff rhythmisch mit.

Auch Teresa Zafón bewegte sich lustvoll im Takt der Melodie, und der Mönch Ramón Martín umkreiste sie unter dem Gespött der Umstehenden wie ein balzender Hahn. »Du siehst hinreißend aus«, schmeichelte er ihr.

»Oh danke, wenn du wüsstest… Als Kind bin ich mir wie eine hässliche, dicke Raupe vorgekommen.«

»Aber aus Raupen werden hinreißende Schmetterlinge«, antwortete er in einer regelrechten Charme-Offensive.

Die Lehrer betrachteten derweilen voller Interesse die vielen Kostüme um sich herum und schlenderten weiter. Jede Art Verkleidung wurde mit Wohlwollen beklatscht, Charly Chaplin, Fidel Castro und Groucho Marx gehörten dazu. Der amerikanische Schauspieler Groucho Marx, der mit seinen Brüdern, den Marx Brothers, den Ruf errang, der witzigste Mann Hollywoods zu sein, war sehr populär auf der Insel und immer für eine Verkleidung gut. Miss Gran Canaria von der Nachbarinsel fehlte ebenfalls nicht. Sie ließ sich als Miss Piggy im engen Ballettkleidchen verspotten.

So zogen die Männer vergnügt weiter von Kiosk zu Kiosk und ließen keinen Ausschank aus. Der Pegel ihrer Stimmung stieg mit dem genossenen Alkohol. Selbst Jordi Serrat konnte sich dem nicht ganz verwehren, obwohl solches Verhalten gar nicht seinem Wesen entsprach.

Wie erwartet, marschierte der Umzug nach und nach an ihnen vorbei. Rhythmisches Händeklatschen (*palmeo*) und Fußstampfen (*zapateo*) der aufgedrehten Narren begleitete die fetzigen Salsa-Melodien.

Die beschwipsten Lehrer machten ausgelassen mit. Die Musik dröhnte ständig weiter, und bei all der bunten Pracht fehlte es nicht an optischen Überraschungen, auf die sie sich gegenseitig wortreich aufmerksam machten.

Mit ihrer einfallsreichen Kostümierung übten viele Narren Kritik an den aktuellen politischen Geschehnissen. Die mit den Kostümen ausgedrückten Proteste erkannten die Lehrer allerdings nur am Anfang des Abends, später und mit zunehmender Trinklust schwand ihr Feingefühl für doppelsinnigen Witz.

Immer wieder zogen Kostüme vorbei, die einfach nur prächtig und fantasievoll sein wollten: Männer in glitzernden Pascha-Uniformen mit übergroßen Turbanen, leicht bekleidete Frauengruppen mit riesigen Federschirmen auf dem Kopf, Boas in Gelb, Blau oder Türkis um die Oberkörper geschlungen.

Die größte Attraktion waren die großen Prunkwagen. Sie glänzten in ihrem fantastischen Dekor mit Glitzerwerk und Lichteffekten. Sie so zu gestalten, hatte lang gedauert! Auf den Wagen standen einige knapp bekleidete Schöne in ihren aufreizenden Kostümen, üppig mit Federkronen und Gold- und Silberschmuck behängt, und mit Schleppen, die schier endlos schienen.

Jordi Serrats kritische Augen bewunderten weniger die Pracht der Festroben, sie sahen vielmehr, auch wenn er es sich nicht anmerken ließ, angeekelt die Ruchlosigkeit der freizügigen Verkleidung. Pater García Talaveras Einstellung zu den Frauen wurde aufs Neue bestätigt.

Große Monster, vampirartige Tiere mit durchsichtigen Flügeln und bunten Körpern sprangen über den Asphalt und verängstigten besonders die Kinder, aber auch Frauen schrien gerne, wenn die Ungeheuer angriffslustig auf sie zustürmten. Ihr lautes Gekreische wurde Teil des allgemeinen Lärms und rundete das schrille Stimmungsbild des Umzuges ab.

»*La vida es un Carnaval*", sang die Kubanerin Celia Cruz schon vor vielen Jahren. Dieser Ohrwurm war inzwischen auf Teneriffa nicht mehr wegzudenken und wurde auch dieses Mal von der närrischen Menge dankbar aufgegriffen. Die Menschen grölten die eingängige Melodie freudig mit. Die aufmarschierenden *Murgas* sorgten gemeinsam mit den Feiernden für immer bessere Stimmung. Die *Comparsas*, prachtvoll ausstaffierte Tanzgruppen, wandelten die Melodien der Musikgruppen in flotte Tanzschritte um.

Plötzlich rief Felipe Sánchez ganz aufgeregt: »Seht her, unser Bürgermeister ist auch unter den Feiernden.«

Er wies mit dem Zeigefinger auf eine Bühne. Dort stand wirklich Esteban Ferrero zwischen einigen Parteifreunden. »Die Kerle sind immer dort, wo es Wählerstimmen zu angeln gibt«, meinte Felipe.

Dann biss er sich schuldbewusst auf die Unterlippe. Normalerweise galt er als politisches Neutrum und hielt sich mit seiner persönlichen Meinung zurück. Heute aber hatte der Rum seine Zunge gelockert, und er hielt mit seiner wahren Meinung nicht hinter dem Berg. Der Alkohol nahm eben jede Hemmung! Seinen Kollegen fiel das gar nicht mehr auf. Auch sie hatten sich allesamt in Stimmung getrunken und hörten gut gelaunt darüber hinweg.

Nur Jordi Serrat registrierte Felipes Benehmen mit Interesse. »Ein Chef muss immer die Kontrolle über alle anderen behalten«, dachte er zufrieden, denn Chef wollte er gerne werden.

Als der Umzug unten am Atlantik ankam, wurde es schon langsam dunkel. Der Wind wehte landeinwärts. Man konnte einen Hauch von Meer und Seetang riechen. Auch die Meeresgeräusche, die nur ein genauer Lauscher in dem Lärm überhaupt hören konnte, wurden aufs Land zugeleitet. Der Ozean schwappte mit seinem leisen Rauschen fast im Samba-Rhythmus mit.

Jordi Serrat wurde des Feierns langsam müde. Mit heimlicher Freude erkannte er auch bei seinen Kollegen erste Erschöpfungszeichen. Er beschloss, noch eine letzte Runde auszugeben, um sich dann von den Männern zu verabschieden.

Er unterdrückte seinen Unmut, als ihm Luis Rosario ausgelassen zum Abschied auf die Schulter klopfte. »Der wird sich schon noch daran gewöhnen, mir den nötigen

Respekt zu zollen«, dachte er ungehalten, ohne sich seine Gefühle anmerken zu lassen.

Noch ganz in Gedanken strebte er durch die dunklen Straßen seiner Wohnung entgegen. Er wollte allein sein. Bis zu Hause war es noch ein gutes Wegstück. Die Straßen um ihn herum waren immer noch voller Leute. Man sang, lachte, trank und flirtete. Alles sah für Jordi Serrat danach aus, als würde der Tag nun zur Ruhe kommen, und er war damit auch zufrieden.

Da sorgte plötzlich eine barbusige Schöne für einen heftigen Stimmungsumschwung bei ihm. Wie ein Flashlight blitzte García Talaveras Kernsatz über die Frauen durch Jordis Hirn, als er die Halbnackte sah. Er fühlte den Zwang in sich aufsteigen, etwas gegen diese Sünde zu unternehmen. Er musste diese Sünde wieder bestrafen!

Erst als er sich selbst das Versprechen gab, am nächsten Tag diesem inneren Befehl zu folgen, wurde er ruhiger und schaffte es wohlbehalten bis nach Hause.

Dort nahm er sofort die Tageszeitung zur Hand, um einen Ort für eine neue Tat auszuwählen. Im Veranstaltungskalender für die närrischen Tage las er, dass am morgigen Abend um 20 Uhr in der Messehalle der *Concurso de las Comparsas*, der Wettbewerb der Tanzgruppen, stattfinden würde. Das schien ihm das Richtige für seine Pläne zu sein.

Er war ein Mann, der Stetigkeit und Regelmäßigkeit liebte: Eine Karnevalsveranstaltung hatte ihm schon beim ersten Mal Glück gebracht. Warum sollte es bei der zweiten Bestrafung anders sein? »Never change a winning team!«

Mit einer gewissen Vorfreude vertraute er sein Vorhaben seinem Tagebuch an und verfasste auch noch einige abfällige Worte über seine Kollegen. Sie waren nur Stimmvieh für seine Wahl zum Schulleiter und leicht zu manipulieren! Er war sich nun ihrer Stimmen sicher.

Erschöpft ging er zu Bett, und in seinen Träumen dachte er weiter an den morgigen Abend.

Teresa und Ramón hatten bei weitem nicht so viel getrunken wie die Lehrer, als sie die Tanzveranstaltung auf der Avenida Francisco La Roche endlich verließen. Sie mussten schließlich noch zurück nach Puerto fahren.

Als Ramón seine Begleiterin vor ihrer Haustüre absetzte, nahm er sie in die Arme und flüsterte ihr ins Ohr: »Wie schön wäre es, wenn du mit mir nach Orotava kämest.«

Teresa versteifte sich ein wenig in seinem Arm und flüsterte leise zurück: »Dafür fühle ich mich noch nicht bereit, aber das kann ja noch kommen.«

Dann gewährte sie ihm zum Abschied einen langen Kuss, der ihn versöhnte.

21

Und so wiederholte Jordis Serrat am nächsten Tag das gleiche Ritual. Lediglich die Einzelszenen bis zum Tod seiner Auserwählten liefen anders ab. Serrat sah bereits ein günstiges Zeichen darin, dass er für die Abendveranstaltung eine letzte Einzelkarte ergatterte.

Er beschloss, wieder in seinem Priestergewand in die Messehallen zu gehen, denn diese Verkleidung hatte ihm beim ersten Mal gute Dienste geleistet und Glück gebracht. Er erinnerte sich noch genau an den arglosen Blick der Frau, als diese ihn in der Seitenstraße als Priester erkannt hatte.

Als er gegen 19 Uhr 45 den großen Messesaal betrat, war der Raum in tiefblaues Licht getaucht. Jordi Serrat hatte sich ein Programmheft geholt und die Reihenfolge der Auftritte nachgelesen. Heute rangen zehn bekannte Tanzgruppen um den Sieg. Sie hatten alle sehr blumige Namen: Rio Orinoco, Canarios, Los Cariocas, Los Valleiros, Bahitare Bay, Los Brasileiros, Los Joroperos, Los Tabajaras und Los Rumberos hießen sie.

Das quirlige Programm der ersten drei Gruppen ließ er nahezu ungerührt über sich ergehen. Er konnte sich noch nicht für ein Opfer entscheiden. Bei den Los Cariocas wollte er sich dann festlegen, zögerte aber doch noch.

Diese Künstler verwandelten die Bühne mit ihren Kostümen in einen Wirbelsturm aus Stoff und Glitter. Die Tänzerinnen trugen an ihren strammen Beinen über weißen Stiefelchen fliegende Beinstutzen, die bei jeder tänzerischen Drehung wie Räder um die Waden rotierten. Die knappen weißen Bikinihöschen verdeckten bei den Frauen nur das Nötigste. Das galt auch für die bunten Oberteile unter den farbigen Federboas. Der glitzernde Kopfputz der Schönen strahlte den Schein der Laser in das Publikum zurück und wippte den Takt der Musik fleißig mit. Männer unter riesigen Turbanen mit leuchtend blauen Federbüscheln, mit Schärpen und weißen Tüllröcken umschwärmten die tanzenden Frauen, welche, sündigen

Priesterinnen gleich, immer wieder die Hände gebetsartig zusammenführten und über die Köpfe erhoben. Diese Mischung aus Sakralem und purer Fleischeslust traf Jordi Serrat mitten in sein prüdes Herz und trieb ihm die Schamesröte ins Gesicht.

Dass sich die nackten Menschenleiber auch noch schlangenartig nahekamen und Pyramiden bildeten, fand er gleichermaßen schamlos. Erst als das Licht leicht abgedunkelt wurde, die Sängerinnen etwas ruhiger zur Live-Musik sangen und die Tänzerinnen mit leuchtenden weißen Zauberbällen über die Bühne schwebten, beruhigte sich Jordi Serrat wieder etwas. Das verstärkte sich noch, als die Männer allein einen akrobatischen Tanz begannen.

Aber die Frauen kamen bald zurück ins Spiel. Gelb wie Zitronenfalter und mit orangefarbenen Federrädern hinter den Köpfen begeisterten sie das Publikum und ernteten tosenden Beifall. Im Finale knieten sie in einem bunten Knäuel nieder und empfingen frenetischen Applaus. Der Begeisterungssturm des Publikums wollte nicht enden.

Jordi Serrat hatte trotz dieser freizügigen Darbietung noch keine Entscheidung über sein nächstes Opfer getroffen. Aber es drängte ihn, und seine innere Unruhe stieg mittlerweile merklich an. Endlich kam die Erlösung. Bei Los Joroperos, die später den Sieg einheimsen sollten, wurde er sich sicher. Schon die reichlich entblößte Einzeltänzerin, die zwar akrobatisch begann, dann aber zwischen ihren nackten Beinen ein langes gelbes Gehänge obszön hin und herfliegen ließ, ließ ihn bald eine Auswahl treffen. Als die anderen Tänzerinnen in gleichartigen Gewändern, mit aztekischem Schmuck versehen, der Solistin beisprangen, traf Jordi Serrat, von so viel sündigem Fleisch beeindruckt, seine endgültige, todbringende Wahl. Daran änderte auch nichts, dass die Frauengruppe in einem zweiten Abschnitt, grün-gelb gekleidet und mit schwarzen Perücken, zusammen mit ihren männlichen Tänzern in langen Hosen und gelben Hüten zu rhythmischem Trommeln tanzten und ihre wippenden Brüste etwas mehr unter Federboas verbargen. Jordi Serrat beschloss, keine spezielle Tänzerin auszuwählen. Sie entsprachen alle seinem Opferschema und hatten in seinen Augen allesamt Bestrafung verdient. Er wollte es darauf ankommen lassen, welche ihm unter günstigen Umständen als Erste über den Weg lief.

Ganz zum Schluss der Vorstellung trat mit Los Rumberos eine weitere Gruppe auf, die mit Obst und Gemüse geschmückt und mit Pflanzenattrappen behangen etwas sittlicher wirkte. Der Vorsänger der Gruppe begann ein Lied mit dem Wort »*Silencio*«, wurde dann aber immer lauter und rhythmischer.

Doch er hatte seine Auswahl nun getroffen.

Jordi Serrat hatte im Teatro Guimerá Erfahrung gesammelt, wie er sich zum Schluss am besten verhalten musste. Die Künstler würden erst lange nach dem Finale das Gebäude verlassen. Sie mussten sich noch abschminken und umziehen. Vielleicht wurde auch noch das ein oder andere Glas auf den Erfolg des Abends getrunken. Serrat ließ sich also Zeit und ging als einer der Letzten aus dem Saal. Dabei war er bemüht, inmitten einer kleinen Gruppe zu gehen, um nicht allein in Erscheinung zu treten und aufzufallen. Gegen einen Priester in ihrer Mitte hatten die Leute nichts einzuwenden. Als Mitläufer fiel er kaum auf.

Draußen hatte Jordi Serrat erneut mächtig Glück. »Das Glück des Tüchtigen«, dachte er stolz. Die Gruppe der Tänzerinnen von Los Joroperos erkannte er sofort daran, dass einige der Mädchen in ausgelassener Stimmung die schwarzen Perücken in ihren Händen schwenkten. Er nahm die Gruppe ins Visier und beobachtete geduldig und voller Spannung, wie sie auseinanderging.

Einige der Mädchen blieben in kleinen Grüppchen zusammen, andere wurden von Begleitern erwartet. Der Heimweg führte die meisten zu den nahen Tiefgaragen oder zur Bushaltestelle. Serrats Geduld wurde belohnt. Eine besonders Zierliche, gar nicht ausgestattet mit langen Tänzerinnenbeinen, verabschiedete sich von ihren Kameradinnen mit einem letzten Kuss. Dann machte sie sich allein ins Dunkel auf den Weg hinab Richtung Meer.

»Du gehörst mir«, entschied sich Serrat, und sein Herz schlug vor Aufregung bis zum Hals. In gehörigem Abstand verfolgte er die junge Frau geräuschlos auf Gummisohlen. Wenn er sie in der Dunkelheit einmal kurz aus den Augen verlor, leitete ihn das Geklapper ihrer hohen Schuhe zielgenau weiter. Unten am Wasser bog sie überraschend in Richtung Parkanlage ab, die neben dem weiß erleuchteten Opernhaus zu so später Stunde menschenleer dalag.

»Was sie da wohl sucht?«, fragte sich Jordi Serrat verwirrt und hatte gleich die richtige Antwort parat: »Sie wollte bestimmt Parkgebühren sparen und hat ihren Wagen hier unten abgestellt!«

Nun verminderte er nach und nach den Abstand zu ihr. Zufrieden registrierte er, dass sie allein waren. Ab und zu fuhr ein Wagen mit abgeblendetem Licht vorbei, aber das waren nur kurze Momente der Störung. Trotzdem drehte

Serrat jedes Mal sein Gesicht weg, um nicht erkannt zu werden. Als er selbst bis weit aus der Ferne keinen Wagen mehr kommen sah, rückte er rasch auf und schlug für die Frau völlig überraschend zu.

Alles geschah auf die gleiche Weise wie beim letzten Mal am Theater: Dasselbe Messer, eine ähnliche Anzahl an Stichen. Um das Herz tödlich zu treffen, brauchte er zwei Versuche, der erste endete auf einer Rippe; dieselben Einstichfelder. Einen Taschenspiegel fand Serrat in ihrer Handtasche, den hatte wohl jede Frau dabei. Er zertrümmerte ihn auf der Erde neben der Toten.

Dann besah er sich noch einmal sein Werk und sein Opfer genauer. »Die ist bestimmt von Geburt an klein und schmächtig gewesen«, dachte er. Die Frau war Ende zwanzig, Anfang dreißig, hatte ein silbernes Piercing an der rechten Braue und wie viele Spanierinnen helle Strähnen in ihrem dunklen Haar.

Jordi Serrat verließ sie zufrieden und verschwand in die sichere Dunkelheit.

22

Pater García Talaveras Hirn ratterte unentwegt die Zahl der Tage herunter, die er inzwischen ohne Medikamente geblieben war. Heute waren bereits der fünfte Tag! Er spürte, dass sein Körper damit zu kämpfen hatte.

Die Symptome, die mit dem Mangel des Schilddrüsenhormons einhergingen, wurden von Tag zu Tag schlimmer. Er hatte sich direkt nach seiner Operation darüber kundig gemacht, was in solch einem Mangelfall mit seinem Körper vorging. Die fehlenden Hormone hießen Trijodthyronin und Tetrajodthyronin. Mit ihnen wurde der Stoffwechsel im Körper aktiviert. Fehlten sie, ging der Stoffwechsel bald gegen Null. Als erstes zeigte sich Niedergeschlagenheit und Müdigkeit, man fühlte sich schlapp und kaputt. Das, verspürte Pater García, war bei ihm schon längst der Fall.

Ihm war am ganzen Körper eiskalt. Er versuchte vergeblich, seine Hände in den Achselhöhlen zu wärmen, aber auch diese strömten keine Wärme mehr aus. Der Priester befürchtete zu recht, dass Jordi Serrat sich wirklich nicht um neue Tabletten für ihn kümmern würde, sei es, um in einer Apotheke nicht aufzufallen, sei es, um ihn für seine vermeintlichen Verfehlungen büßen zu lassen. Seine Bitten und Mahnungen hatten also nicht gefruchtet. Der Kerl war nun schon zwei Tage nicht mehr dagewesen!

Es blieb ihm nur die Möglichkeit, sich selbst zu helfen! Das konnte er wenn überhaupt nur, solange er noch einigermaßen bei Sinnen und Kräften war. Er musste sich von der Kette an seinem Handgelenk befreien, aus dem Versteck fliehen und draußen Hilfe suchen!

Dafür brauchte er zuallererst Licht. Schwach, wie er war, tastete sich Pater García bis zu dem Holztisch vor, auf dem, wie er wusste, die Petroleumlampe stand. Wenn er sich richtig erinnerte, hatte Jordi Serrat daneben eine Schachtel mit Streichhölzern liegen lassen.

García Talavera stieß nach einigem Suchen und Tasten an die Tischplatte. Nun wurde er vorsichtiger, er wollte weder die Lampe noch die Streichhölzer vom Tisch stoßen. Seine Hand berührte als erstes die Streichhölzer. Er öffnete die Schachtel, holte ein Hölzchen heraus und riss es an der Reibfläche an. Die Flamme leuchtete hell auf und fiel dann in schwächeres, stetiges Licht zusammen.

Pater García konnte nun die Lampe sehen. Er kippte den Glasschirm zur Seite und hielt das Streichholz an den petroleumgetränkten Docht. Der strenge Geruch des Öles stieg ihm in die Nase, dann fing der Docht Feuer. Es wurde rasch heller im Raum.

Als der Priester den Glasschirm wieder schließen wollte, blieb eine hervorstehende Schraube seiner Armschelle an der Lampe hängen und riss sie vom Tisch. Er war in seinem geschwächten Zustand nicht genug auf der Hut, und so ereignete sich das Gleiche wie schon mit dem Tablettenstreifen.

Die Lampe zerbarst auf dem Boden, Petroleum spritzte heraus bis an das Hosenbein des Geistlichen. Alles entzündete sich schnell. Der Pater ging automatisch in die Knie und wollte die Flammen mit bloßen Händen ausschlagen. Das hatte ein weiteres Mal fatale Folgen. Das Feuer schnappte nun auch noch nach seinem Hemd, und sofort stand der Stoff in Flammen.

Die Lohen leckten bald schmerzhaft bis auf seine Haut. Die Schmerzen wurden für den Greis unerträglich. Pater García wälzte sich auf dem Boden und schrie wie ein angestochenes Tier. Natürlich hörte ihn niemand. Seine Lungen rasselten in der Hitze wie die eines Kettenrauchers. In seiner Kopflosigkeit drehte er sich weiterhin so ungeschickt um sich selbst, dass er sich in die Kette einrollte und damit fesselte. Er fiel in eine gnädige Ohnmacht, bevor er versuchen konnte, sich wieder zu befreien.

Nur dem feuchten Lehmboden war es zu verdanken, dass sich die Flammen nicht im ganzen Raum ausbreiten konnten. Sie züngelten nur kurz in die Feuchtigkeit des Bodens, um dann zu erlöschen.

Auf dem Körper des Bewusstlosen hinterließen sie schreckliche Brandwunden. Der eingetretene Verbrennungsgrad würde ohne ärztliche Hilfe schnell tödlich sein. Woher sollte aber hier in der Wildnis ärztliche Hilfe kommen?

Der Priester erwachte noch einmal für einen kurzen Moment aus der Ohnmacht und litt schreckliche Pein. Doch sein Leiden war gnädig kurz. Sein schwaches Herz spielte nicht mehr mit und setzte für immer aus. Mit dem letzten Herzschlag ging ein wildes Zucken durch seinen Körper, und dann blieb er zusammengekrümmt und leblos liegen.

In seinem Inneren spielte sich vor seinem Tod noch einiges ab. Gott Janus sagte man nach, er könne mit seinen zwei Gesichtern vorwärts und rückwärts blicken. Des Priesters kurze Zeitreise im Todeskampf ging jedoch nur zurück. García Talaveras letzte Gedanken führten ihm vor Augen, wie schuldvoll sein Leben wirklich verlaufen war. Er erkannte, dass er, wie alle anderen Menschen, schwach und fehlbar gewesen war. Jordi Serrats Verhalten ihm gegenüber war seine Strafe dafür geworden. Er rang mit sich selbst bis zum bitteren Ende, ob er sie als gerecht akzeptieren sollte. Dann wurde es dunkel um ihn, und ganz zum Schluss, als seine Sinne schwanden, sah er eine Farbenexplosion, einem Regenbogen gleich. War das die Regenbogenbrücke, die Erde und Himmel verband? Versprach ihm sein spätes Schuldeingeständnis doch noch Gnade vor dem Herrn? Dieser Gedanke blitzte nur auf, war Hoffnung und wurde nicht zu Ende gedacht, geschweige denn durch einen Blick nach vorn beantwortet.

Jordi Serrat unten in Santa Cruz ahnte nichts vom erbärmlichen Ableben seines Gefangenen. Auch die späte Einsicht des Geistlichen blieb ihm verborgen und brachte ihm keine Genugtuung.

23

Ein Chirurg aus der Universitätsklinik von La Laguna fand den Leichnam der Karnevalistin schon um 6 Uhr 30 am Rand einer Blumenrabatte. Er war so früh mit dem Wagen unterwegs zum Klinikum, um in Ruhe einen Operationsbericht zu Ende zu schreiben. Der Arzt rief über sein Mobiltelefon die Polizeiwache an. Seine Beschreibung des Zustands der Leiche war berufsbedingt fachmännisch und führte dazu, dass die Beamten in großer Besatzung anrückten.

Teniente Hugo Silva war unter ihnen und hatte nichts Eiligeres zu tun, als Ana für die Kommission zu informieren: »Die Untersuchung vor Ort wird gut zwei Stunden dauern, dann wird die Tote zur gerichtsmedizinischen Untersuchung gebracht. Erste schriftliche Erkenntnisse vom Fundort liegen voraussichtlich um die Mittagszeit vor, vom Institut kann man sie frühestens am Nachmittag erwarten. 14 Uhr 30 wäre also der früheste Zeitpunkt für ein Treffen der Kommission«, erklärte er ihr.

Ana lobte Hugo Silva neckisch für seine Gewissenhaftigkeit und spürte durch die Leitung, wie stolz sie ihn damit machte. Sie rief sofort die SOKO zusammen.

Alle Kommissionsmitglieder waren pünktlich zur Stelle und warteten neugierig auf den Erstbericht über die zweite Tote.

Ramón Martín eröffnete mit betroffener Miene die Sitzung: »Es ist sicher, dass wir es mit einem Serienmörder zu tun haben. Aber wir sollten uns zunächst einmal den Bericht von Teniente Silva anhören, er war schließlich am Fundort der Leiche zugegen.« Mit einer freundlichen Geste forderte er den Kollegen auf, zu berichten.

Hugo Silva schilderte den Tatort und den Zustand der Leiche noch viel drastischer als beim ersten Mal. Sein Bericht ging allen Anwesenden an die Nieren. Die Übereinstimmung nahezu aller Details mit denen des ersten Mordes deckte ihre eigene Hilflosigkeit schonungslos auf.

Silvas Schilderung musste sich erst setzen, bevor sie sich langsam an erste Schlussfolgerungen heranwagten. Vicente Morales nahm als Erster mit einer Zusammenfassung das Wort, und Ana schrieb eifrig mit:

»Das Opfer heißt Carmen Molina. Sie ist seit acht Jahren verheiratet und hinterlässt neben ihrem Mann einen sechsjährigen Sohn und eine vierjährige Tochter. Carmen Molina war Hausfrau, ihr Mann ist Teilhaber einer Steuerberaterkanzlei. Zumindest nach erstem Augenschein gibt es keinerlei Ansatzpunkte für ein Beziehungsdrama. Wir können also von den gleichen Begleitumständen ausgehen wie beim ersten Mord. Und damit zum Täter: Die Gewaltbereitschaft des Mörders scheint ungebrochen. Er hat wie beim ersten Mord mehrfach unnötig zugestochen, regelrecht gemetzelt. Alle Begleitumstände sind die gleichen. Das Opfer kam von einer Karnevalsveranstaltung, war weiblich, und der Mord wurde mit einem Messer, mit ziemlicher Sicherheit mit dem ersten Mordmesser ausgeführt. Wiederum lag ein zertrümmerter Taschenspiegel neben der Frau. Ihr Make-up war frisch aufgetragen, an keiner Stelle verschmiert. Der Mörder ist seinem Opfer auch dieses Mal nicht näher gekommen. Unklar ist, ob der Mord der sexuellen Befriedigung des Täters oder seiner Frustkompensation diente, beziehungsweise ob es eine Art Bestrafung des Opfers oder gar der gesamten Weiblichkeit sein sollte. Wir stehen also immer noch am Anfang unserer Ermittlungen.«

»Das ist alles richtig«, unterbrach ihn Teresa Zafón. »Erschreckend erscheint mir aber der kurze zeitliche Abstand zwischen den beiden Morden. ›Normale‹ Zeiträume sind nicht so kurz. Das wirkt äußerst bedenklich und gefährlich. Ich halte den Täter für einen Hysteriker.«

»Für einen was?«, fragte Subteniente José Gómez erstaunt.

Die Psychologin schmunzelte. »Nun ja, das Wort ist in dieser Verwendung wohl weniger bekannt, ist aber Bestandteil unserer Fachsprache. Lassen Sie es mich kurz erklären: Die Hysterie ist unter anderem eine Bezeichnung für eine Persönlichkeitsstörung, bei der ein Geltungs- und ein Anerkennungsbedürfnis im Vordergrund stehen. Sie gehört zum Formenkreis der Neurosen. Ihre Symptome entfalten sich erst, wenn es einen Dritten gibt, dem der Täter gefallen und imponieren will, einen, der ihn vielleicht sogar zur Tat drängt. Diese Beschreibung bietet uns eine hinreichende Erklärung für die Geschwindigkeit, mit der die zweite Tat der ersten folgte. Beim Täter sind nämlich mehrere der beschriebenen Symptome gegeben! Er will auf Dritte wirken, wird vielleicht durch eine Person oder einen Umstand zur Tat gedrängt. Und ein bisschen Fachchinesisch ist doch auch ganz schön!«, fügte sie lächelnd hinzu. »Unser Mörder will mit Sicherheit sein Gegenüber schnellstens von seiner eigenen Brillanz überzeugen und dafür auch noch gelobt werden! Dieser zweifache Frauenschlächter sieht sich wahrscheinlich dabei selbst als Opfer, als ein Opfer der Frauen und seines Antreibers.«

Teresa Zafón dachte einen Moment nach. »Ich bin mir in meiner Analyse noch nicht ganz sicher. Auslöser für die Taten kann alles sein, was sich mit einer traumatischen Erfahrung verknüpfen lässt. Ein spezieller Geruch, ein spezieller Satz des Gegenübers, spezielle Gefühle bis hin zu einem frustrierenden Ohnmachtsgefühl können in solchen Fällen der Auslöser sein.«

Die anderen schwiegen beklommen. Ganz klar war ihnen nicht geworden, was die Psychologin hatte sagen wollen.

»Dann müssen wir wohl vorrangig darüber nachdenken, wer dieses Gegenüber sein könnte«, folgerte Ramón Martín etwas zögerlich aus ihren Erklärungen.

»Ich habe eigentlich gedacht, wir sollten zunächst einmal den Mörder unter den Karnevalisten suchen«, schlug Unterinspektor José Gómez eher pragmatisch vor.

»Das würde das Ganze nicht leichter machen, davon gibt es zurzeit Tausende«, erwiderte Hugo Silva mit einem verzweifelten Seufzer. »Außerdem ist lediglich nachgewiesen, dass unser Mörder seine Opfer in der karnevalistischen Szene abgreift. Das stempelt ihn selbst eher zu einem Gegner des Karnevals, nicht aber zu einem Karnevalisten. Nach mathematischen Regeln kann man sogar bei nur zwei Opfern aus einem bestimmten Umfeld noch gar nicht von einer planvollen Auswahl aus einem bestimmten Kreis reden, sondern diese höchstens vermuten. Ich habe noch eine Hiobsbotschaft«, fügte er an:

»Die Recherchen im Theater und in dessen Umfeld haben leider nichts Brauchbares ergeben. Wir haben niemanden gefunden, der das Opfer zusammen mit einem Verdächtigen gesehen hat, und auch die Tatwaffe ist nicht aufgetaucht. Das ist ja nun wohl auch nicht mehr zu erwarten, nachdem sie mit Sicherheit ein zweites Mal benutzt worden ist. Es ist wirklich ärgerlich, dass wir gar nicht vorankommen.«

Teniente Martín hatte eine Idee: »Die Karnevalsveranstaltungen sind fast immer ausverkauft. Wenn wir Recht haben mit unserer Vermutung, dass der Mörder genau wie sein Opfer in den Vorstellungen war, hatte er die Karten entweder lange vorher bestellt oder Last-Minute-Karten erstanden. Teniente Silva, lassen Sie bitte prüfen, ob sich gleiche Namen auf den Bestellerlisten finden.«

Hugo Silva nickte und sah Ramón Martín respektvoll an. Dessen Geistesblitz schien ihm genial. Er gab seinem Mitarbeiter sofort entsprechende Anweisung. Wäre der Auftrag nur etwas weiter gefasst worden, so hätte die Kommission den Fall binnen Stunden lösen können.

Jordi Serrat hatte bei der ersten Bestellung Name und Kreditkartennummer angegeben, im zweiten Fall nur die Kreditkartennummer. Der Beamte, der sich mit der Überprüfung befasste, hielt sich aber strikt an seine Anweisung. Er verglich auf der Bestellerliste nur die Namen, und da kam kein Name zweifach vor!

Als am späten Nachmittag der Bericht aus dem Institut kam, ergab sich eine Spur: Das Messer war bei einem der Stiche durch die zerfetzten Stoffschichten bis auf die nackte Haut gedrungen. Der Rand unter der Klinge hatte sich auf der Haut deutlich abgedrückt. Unter dem Mikroskop hatte die Forensik Buchstaben auf der Druckstelle gefunden.

Das Messer konnte damit eindeutig identifiziert werden als eine verbotene Sorte Klappmesser »made in Hongkong«. Sofort setzte die Sonderkommission die gesamte verfügbare Maschinerie in Bewegung, um herauszufinden, in welchem Geschäft diese tödlichen Waffen unter der Ladentheke verkauft wurden. Man kannte schließlich auf der Insel seine Pappenheimer!

Noch bis zum Abend stellte sich heraus, dass die Markierung für ein Messer stand, dessen Produktion schon seit Jahren ausgelaufen war. Die wenigen Händler, die für einen Verkauf infrage kamen, schworen Stein und Bein, dass sie kein Reststück auf Lager gehabt oder gar in jüngster Zeit veräußert hätten.

»Was bleibt denn da noch übrig?«, stöhnte Ramón Martín.

»Nun, ganz ohne Grundlagen sind wir nicht«, tröstete ihn Teresa Zafón. »Bislang war uns nicht klar, dass die erste Tat der Auftakt zu einer bizarren Mordserie war. Wir haben es mit einem Serienmörder zu tun, das ist nun klar. Er benutzt feste Rituale. Ihn treibt ein deutlich sexistischer Hass auf Frauen und wahrscheinlich ein Gegenüber, das ihn dominiert. Er sucht seine Opfer in der

Karnevalsszene, ist zu vermuten«, ergänzte sie mit einem Blick zu Hugo Silva hin. »Wenn ich das Muster, nach dem unser Täter vorgeht, richtig deute, dann steht unser Mann schon vor seinem nächsten Mord. Haben wir morgen eine große Karnevalsveranstaltung?«

Teniente Silva bejahte das sofort: »Im *Centro Internacional de Ferias y Congresos* findet um 21 Uhr die große *Gala del Carnaval* statt.«

»Na, das ist genau das Richtige für ihn: Bewährte Umgebung und attraktiver Rahmen! Ich glaube, für unsere Vorbereitungen ist Eile geboten!«, mahnte die Psychologin mit eindringlicher Stimme.

»Es bleibt uns wohl nichts anderes übrig, als die Darsteller nach dem Schluss der Veranstaltungen zu überwachen. Wir müssen uns dabei nur um Frauen kümmern, die alleine den Heimweg antreten. Dazu brauchen wir aber trotzdem eine größere Zahl von Beamten. Die müssen sich unerkannt unter den anderen Zuschauern bewegen«, schlussfolgerte Martín präzise.

»Silva, Sie sorgen bitte für die notwendigen Mannschaften am Abend. Zum Schluss noch eins: Vor der Presse haben wir höchstens noch bis heute Abend Ruhe. In den Abendblättern wird die Hetze wegen unseres angeblichen Unvermögens bereits beginnen. Bewahrt Ruhe, wir haben uns nichts vorzuwerfen.«

So verabschiedete Martín seine Kollegen und ging mit Teresa Zafón zu seinem Wagen.

Auf der Rückfahrt nach Puerto war die Stimmung beklommen. Als Ramón Teresa vor ihrer Wohnung absetzen wollte, zögerte sie und sagte leise: »Ich möchte heute nicht alleine sein. Kann ich mit zu dir kommen?«

Ramón wusste nicht, was er antworten sollte. So hatte er sich ihren ersten Besuch bei ihm nicht vorgestellt. Er hatte tief drinnen eine starke Neigung für Romantik, auch wenn er das meistens gut zu verbergen wusste, so auch dieses Mal. Mit einem kurz angebundenen »Also gut«, startete er seinen Wagen und fuhr los.

24

Als sie aus der Tiefgarage in das Hausinnere traten, spürte Ramón, wie sehr die heutigen Erlebnisse Teresa beschäftigten. »Niemand hat verdient, ohne Absolution zu sterben«, sagte sie müde. Sie klang niedergeschlagen, fand kein Wort für die Schönheit des Hauses und seine Einrichtung, die doch sein ganzer Stolz waren.

Er beantwortete ihr Verhalten mit betretenem Schweigen. »Ist sie doch nicht die starke Frau, die ich kenne und verehre?«, fragte er sich still. Aber manchmal war es vielleicht wirklich besser, Gefühle zu zeigen. Nur die Bereitschaft dazu konnte Gemütsschwäche und Seelenschmerz überwinden helfen.

Im Wohnzimmer führte Ramón sie zu einem Sessel, zündete eine Kerze an und öffnete eine Flasche Rotwein. Teresa schien sich etwas zu entspannen, sie nahm einen der Rotweinschwenker in beide Hände und schnupperte das köstliche, beerige Aroma.

»Schön hast du es hier und so gemütlich«, bemerkte sie nun doch. Damit war der Bann gebrochen, und sie redeten miteinander bis tief in die Nacht, wie sie es noch niemals zuvor getan hatten.

Als sie beide fanden, dass es endlich Zeit war, zu Bett zu gehen, war es Ramón, der zögerte: »Du kannst mein Bett nehmen, ich mache mir eins hier auf dem Sofa«, sagte er mit unsicherer Stimme und deutete zur Schlafzimmertür.

Teresa lachte leise und heiser, wie er es kannte und liebte. Sie nahm ihn am Arm und führte ihn ins Schlafzimmer. In dieser Nacht liebten sie sich das erste Mal.

Ramón Martín war ein guter Liebhaber und ein Freund langsamer Zärtlichkeit, seine verstorbene Frau hatte ihn dafür maßlos geliebt. Heute galt seine ganze Aufmerksamkeit Teresa Zafón. Nachdem sie entblößt in seinem Bett lagen, streckte Ramón vorsichtig eine Hand nach ihr aus und strich ihr eine Haarsträhne aus der Stirn. Dann beugte er sich vor und küsste sanft ihre Lippen. Teresa schlang ihre Arme um seinen Nacken und zog ihn zu sich herab. Auch sie wollte diesen Kuss und erwiderte ihn bald. Ihre Vereinigung wurde für beide ein Fest der Sinne.

Alles war zärtlicher und schöner, als diese beiden eigenwilligen Menschen es sich je hatten vorstellen können…

Als Teresa morgens ging, war sie wieder ganz die alte. Sie küsste ihn noch einmal, dann sagte sie: »Du brauchst dich nicht um mich zu kümmern, ich fahre mit dem Bus nach Hause. Und plane jetzt bitte nicht gleich für die Ewigkeit. Manche Menschen versäumen das kleine Glück, während sie auf das große vergeblich warten!«

Sie warf ihm eine Kusshand zu und machte sich auf den Weg.

Ramón war zu aufgewühlt, um einen klaren Gedanken zu fassen. Er frühstückte lustlos und fuhr dann zum Dienst. Bevor er die Polizeistation betrat, schaute er in einem Schaufenster in einen Spiegel. Er wollte sicher gehen, dass man ihm nichts von seinem Liebeskummer ansah.

Nach dem zweiten unaufgeklärten Mord leistete die Presse ganze Arbeit. Sie fiel zuerst über die unfähige Polizei her, dann attackierte sie den Bürgermeister der Hauptstadt. Der trat, wie das üblich war, nach unten aus und forderte mit lautem Gezeter von der Sonderkommission endlich Ergebnisse.

Ramón Martín zeigte Größe und gab den Druck nicht an seine Leute weiter. Er war nur sauer auf die da oben. Schließlich hatten er und die anderen Mitglieder doch alle zusammen ihre Arbeit getan, so gut sie eben konnten. Aber sie konnten eben nicht hexen. Er würde diese Hyäne von Bürgermeister schon auf Abstand halten!

25

Jordi Serrat fühlte sich indessen auf der Höhe seiner Macht. Er war endlich glücklich und zufrieden. Nur bedauerte er wieder, dass er seinen Triumph mit niemandem teilen konnte.

Kurz dachte er daran, hinauf in die Berge zu fahren zu Pater García, doch das verwarf er schnell wieder. Was sollte er bei diesem Wrack? Dessen Macht war er inzwischen doch längst entwachsen!

Er war es, der jetzt Regie führte, und er redete nicht nur, nein, er war ein Mann der Tat! So sollte es auch bleiben. »Was du heute kannst besorgen, das verschiebe nicht auf morgen.« Dieses alte Sprichwort fiel ihm ein und spornte ihn an, schnellstens wieder seine Fähigkeiten unter Beweis zu stellen.

Er sah in die Zeitung: Was er dort las, passte prächtig in seine Planung. Schon morgen Abend fand in den Messehallen die *Gran Gala del Carnaval* statt. Das gab seinem Vorhaben einen wahrhaft königlichen Rahmen.

Er besah sich die Fotos der Schönen des Abends und stutzte. Die erste Ehrendame kannte er! Sie war die Mutter eines seiner Schüler und war ihm in den Sprechstunden schon mehrmals als besonders aufreizend aufgefallen. Sie hieß Nazaret Ruiz. Er wusste sogar, wo sie mit ihrer Familie wohnte. Diese Frau wollte er als Nächste bestrafen!

Damit alles passte, mussten sich nur noch zwei Wünsche für ihn erfüllen: Er brauchte eine Eintrittskarte für den Abend, und Frau Ruiz musste nach der Veranstaltung alleine nach Hause gehen.

Jordi Serrat wusste, dass es nach den zwei Mordfällen viele Frauen aus Angst vermieden, nachts alleine draußen zu sein. Entsprechende Empfehlungen standen auch schon mehrfach in der Zeitung. Andererseits hatten die Königin und ihre Ehrendamen inzwischen schon enorm viele Abende durchgefeiert, und es war durchaus wahrscheinlich, dass ihre Verwandten und Bekannten inzwischen ein wenig das Interesse verloren hatten, sie immer wieder zu begleiten. Jordi Serrat wollte einfach versuchen, Nazaret Ruiz alleine abzupassen.

Mit der Eintrittskarte klappte es nicht sofort. Er kam nur auf die Warteliste, gab jedoch seine Kreditkartennummer an und versprach, jede Eintrittskarte zu nehmen, die zurückgegeben würde. Auch insoweit musste er dieses Mal ein Risiko eingehen, aber das machte ihm in seiner Hochstimmung nichts aus. Ein Tag ohne Versuch war ein verlorener Tag!

Heute jedenfalls wollte er seine erfolgreichen Taten feiern. Er würde es auch allein tun, wenn er sein Glück darüber mit niemandem teilen konnte.

Er hatte nun Lust auf ein schönes saftiges Steak. Er kannte in der Nähe ein sehr gutes argentinisches Steakhaus, in dem Riesensteaks auf dem Rost über dem Holzfeuer gegrillt wurden. Mindestens 300 Gramm Fleisch wollte er bestellen, blutig und zart. So kam es auch auf den Tisch.

Das spitze Steakmesser fuhr leicht in das zarte Fleisch, Blutstropfen traten aus und rannen als kleiner Bach in die tiefere Mulde des Tellers. Andere hätte das sicher abgestoßen, hätte das in seiner Lage vielleicht sogar zu sehr an die blutigen Ereignisse der letzten Tage erinnert. Jordi Serrat kam nicht einmal auf solche Gedanken. Er genoss sein Mahl und zerdrückte seine Pommes frites sogar in dem blutigen Fleischsaft, um ihn ja nicht zu verschwenden. Er spülte die Leckerbissen mit einem starken chilenischen Rotwein herunter, bis er von dem Alkohol die richtige Bettschwere hatte.

Ein Telefonat am frühen Nachmittag mit der Kartenreservierungsstelle erfüllte ihm seinen ersten Wunsch. Er hatte für den Abend eine Eintrittskarte sicher!

26

Am späten Nachmittag stellte ein Zwiegespräch zwischen den Eheleuten Ruiz auch die zweite Weiche auf Grün: »Ich hole dich nach der Veranstaltung ab, Liebling. Ich möchte nicht, dass du alleine nach Hause gehst. Dafür ist in der letzten Zeit zu viel passiert.«

»Stell dich nicht an, Schatz. Du musst heute Abend bei den Kindern bleiben. Mutter kann dieses Mal nicht auf sie aufpassen, sie fühlt sich nicht gut. Du glaubst doch nicht wirklich, dass der Mörder gerade mich auswählt. Bisher hat er sich hübschere Weiber ausgesucht.«

Nazaret Ruiz lachte, als sie das sagte, und wartete auf seine Reaktion. Eusebio küsste sie auf die Wange: »Für mich bist du die Schönste!«

So einen Satz hatte sie erwartet. »Das ist gut so. Aber mach dir keine Sorgen um mich. Ich werde ja gar nicht allein sein. Die Bushaltestelle ist ganz in der Nähe der Messehalle, und da werden viele Zuschauer, aber auch Darsteller am Ende der Veranstaltung hinlaufen. Ich verspreche dir, sofort nach Hause zu fahren.«

»Nimm dir wenigstens ein Taxi«, versuchte es Eusebio noch einmal.

Aber Nazaret blieb bei ihrer Meinung: »Auf ein Taxi muss ich in dem Gewühl viel länger warten als auf den Bus, und dann stehe ich vielleicht wirklich noch alleine herum.«

»Also gut«, Eusebio gab sich geschlagen und verkroch sich hinter seiner Zeitung. Wenn die Kinder im Bett waren, würde er sich einen gemütlichen Abend machen.

Als seine Frau ging, küsste sie ihn und sagte: »Du bist der beste Mann der Welt.«

Ganz Macho antwortete er: »Ich weiß.«

Es sollten ihre Abschiedsworte für immer sein.

27

Jordi Serrat beschloss, frühzeitig zu den Messehallen zu fahren. Er wollte sich die Gegend noch einmal genau ansehen und nötigenfalls seinen Plan modifizieren. Das war gut so, denn als er mit seinem Wagen an der Ausstellungshalle vorbeifuhr, wurde ihm schnell klar, dass sich die Umstände bei Nazaret Ruiz viel ungünstiger gestalteten als bei seinen anderen Opfern.

Wenn sie, wie zu vermuten, mit dem Bus nach Hause führe, hätte sie es von der Messe aus nicht weit bis zu ihrer Haltestelle. Zur Haltestelle hin würden aber in der Nacht viele Leute unterwegs sein.

Jordi Serrat hatte dabei kaum eine Chance, Nazaret Ruiz unbeobachtet abzufangen. So kam er auf den Gedanken, jetzt schon Vorsorge für eine andere Möglichkeit zu treffen. Jetzt konnte er seinen Wagen noch problemlos in der Nähe besagter Haltestelle parken. Er konnte dann der Ehrendame in der Nacht bis zu dieser Haltestelle folgen, um sicher zu sein, dass sie von dort aus wirklich den Bus nach Hause nahm. Sodann konnte er mit dem eigenen Wagen vorausfahren bis zu ihrer Ausstiegshaltestelle, die er ja kannte. Dort würde es dann bestimmt viel leichter sein, Nazaret Ruiz ohne Zeugen abzufangen und zu bestrafen.

Serrat klopfte sich innerlich für diesen raffinierten Plan auf die Schulter und parkte den Wagen an einer freien Parkbucht gegenüber der Haltestelle. Erwartungsfroh stieg er aus und ging mit gutem Gefühl zur Messehalle zurück.

Die Veranstaltung nervte ihn fürchterlich. Zu viel nacktes Fleisch, zu viele sexuelle Reize! Er musste zu allem Übel auch noch am eigenen Leib Spott hinnehmen. Es ärgerte ihn, wie einige Zuschauer über seine Verkleidung lästerten.

»Was will denn der Priester hier in dem Sündenpfuhl?« musste er sich unter tosendem Gelächter anhören. Jordi Serrat wäre am liebsten unsichtbar geworden.

Er atmete erleichtert auf, als das Licht im Raum endlich abgedunkelt wurde und nur noch die Bühne erhellt war. Als es dann wieder heller wurde, schaute er sehnsüchtig auf seine Armbanduhr, aber die Zeit ging leider nur im Schneckentempo vorbei. Als die Show endlich zum Ende kam, sang er innerlich ein Halleluja. Er schob sich in der Menge zum Aufgang und wartete.

Dieses Mal verging zu seiner Freude nicht allzu viel Zeit. Nazaret Ruiz musste sich gesputet haben, denn sie kam recht bald aus dem Ausgang heraus. Und was für ein Glück für ihn: Sie strebte wirklich der Haltestelle entgegen, und zwar ohne Begleitung. Aber viele Menschen strömten mit ihr die Straße hinunter, und so fand er die Entscheidung, seinen Plan zu ändern, mehr als gerechtfertigt.

Jordi Serrat fiel nicht auf, dass ihn und Nazaret Ruiz wachsame Beamtenaugen verfolgten.

An der Bushaltestelle reihte sich Frau Ruiz geduldig in die große Zahl der Wartenden ein.

Serrat hatte genug gesehen. Ohne einen weiteren Blick in ihre Richtung zu verschwenden, ging er zu seinem Wagen, schloss die Fahrertür auf und stieg ein. Serrat fuhr sofort los. Er kannte schließlich sein Ziel und wollte es vor seinem Opfer erreichen!

Die fleißigen Beamtenaugen hatten bis dahin das Paar überwacht, aber das Interesse verloren, als der mutmaßliche Verdächtige die Frau alleine an der Haltestelle stehen ließ. Nach der schlichten Vorstellung des Beamten konnte er nicht der gesuchte Mörder sein.

Jordi Serrat musste in dem Wohnviertel nicht lange auf die Ehrendame warten. Er hatte sich zwischen mehrere Bäume tief ins Dunkel gedrückt und lauerte dort auf sein Opfer. Seine Anspannung wuchs ständig.

Er hatte Glück, sie stieg an der Haltestelle allein aus dem Bus. Zielstrebig und rasch ging sie ihren Weg nach Hause. Kurz vor der Avenida La Salle, Ecke Tres de Mayo passte Serrat sie neben einer blickdichten Hibiskushecke ab.

Diese bildeten eine unüberwindbare Barriere zur Straße hin, und die Baumkronen der auf der anderen Wegseite gepflanzten Bäume wehrten Blicke von oben ab. Der Ort war perfekt für seine Tat. Sein Angriff traf die Frau völlig unerwartet. Sie war einfach nur noch müde vor sich hin getrottet. Als sie sich wegen eines Geräusches hinter sich umdrehte, war es schon zu spät für eine Gegenwehr.

Aber es war früh genug für den ersten tödlichen Stich in ihre Brust!

Alles lief wie am Schnürchen, so reibungslos wie der Mörder es schon beim ersten Mal erfolgreich ausgeführt hatte.

Jordi Serrat betrachtete, bevor er davonlief, noch einmal die Tote. Die kleine Frau hatte auf der Bühne mit ihrem aufreizend dicken Busen ganz anders gewirkt! Wie sie jetzt so in ihren Straßenkleidern dalag, sah sie ganz unscheinbar aus. Warum hatte sie sich für die Veranstaltung nur so herrichten müssen? So, wie sie jetzt da lag, hätte er sie nie ausgewählt.

Als ein Mann von der Straßenreinigung sie noch in derselben Nacht fand, war die Aufregung in der Stadt groß. Man brauchte nicht lange, um sicher zu sein, dass Nazaret Ruiz das dritte Opfer des Messermörders geworden war.

Als ihre Identität feststand, brach die Aufregung erst richtig los. Mitten im Karneval war die erste Ehrendame ermordet worden!

Das konnte alles Mögliche nach sich ziehen, bis hin zum vorzeitigen Ende der gesamten Feierlichkeiten!

Zwischen den Kommissionsmitgliedern liefen bald die Telefonleitungen heiß. Sie verabredeten sich umgehend zu einem Treffen in der Hauptstadt.

Als Teniente Martín erfuhr, dass Nazaret Ruiz wirklich alleine vom Veranstaltungsort in der Messe mit dem Bus nach Hause gefahren war, flippte er aus. »Wie konnte es passieren, dass die Ehrendame von keinem unserer Beamten beschattet wurde?«, schrie er Hugo Silva durchs Telefon an.

Der war ratlos und stotterte nur aufgeregt.

»Lassen Sie ein Bild von der Toten an alle Beamten verteilen, sie sollen sich äußern, ob sie Frau Ruiz gesehen haben und warum sie dann ohne Beschattung blieb.«

Wütend beendete Ramón Martíns das Gespräch.

Als die Kommissionsmitglieder zusammentrafen, lag schon das erste Befragungsergebnis vor.

Einer der Polizisten hatte sich auf die Nachfragen von Teniente Hugo Silva hin gemeldet. Er war inzwischen zur Dienststelle geholt worden und stand für eine Befragung bereit. Er gab zu, Frau Ruiz in besagter Nacht im Auge gehabt zu haben: »Sie ging allein, und da war anscheinend ein Mann hinter ihr her, so sah es wenigstens zunächst für mich aus.«

»Was meinen Sie mit zunächst?«, fuhr ihm Ramón Martín rüde über den Mund. Er wollte schnell zum Punkt kommen.

Der Beamte kam ins Stottern. Er fühlte sich von dem Teniente ungerecht behandelt. Mit Vorwurf in der Stimme antwortete er stockend: »Ich habe die beiden so lange verfolgt, bis die Frau an der Haltestelle stehen blieb und der Mann weiterging bis zu seinem Wagen, der fast hundert Meter entfernt stand. Von dort aus fuhr er fort, bevor für die Frau ein Bus kam. Er konnte also doch kaum ihr Mörder gewesen sein. Für mich schien da kein Zusammenhang zu bestehen!«

Ramón Martín schüttelte missmutig den Kopf. »Ich kann gerade noch nachvollziehen, dass Sie bei diesem Verhalten der beiden in der Nacht mit ihrer Beschattung Schluss gemacht haben. Aber wenn Sie jetzt immer noch nicht kapieren, was danach mit ziemlicher Sicherheit passiert ist, wirft das wirklich kein gutes Licht auf Sie.«

»Was ist denn danach passiert, was mit meinem Auftrag in Verbindung steht?«, fragte der Beamte beleidigt.

Ramón Martín setzte mit ungnädiger Miene zu einer Erklärung an: »Natürlich kann der Mann der Mörder gewesen sein. Er wird es sogar gewesen sein! Er hat sein Opfer gekannt und ist ihm vorausgefahren. Die Frau, die Sie bis zur Haltestelle beobachtet haben, wurde an der Haltestelle bei ihrer Wohnung getötet.« Ramón hielt einen Moment inne. »Können Sie wenigstens irgendwelche besonderen Merkmale des Mörders wiedergeben oder etwas zu seinem Wagen sagen?«

Der Beamte war während seiner Erklärungen rot angelaufen, halb vor Scham über die Rüge, halb vor heimlicher Wut über sein eigenes Unvermögen. Er fühlte sich zwar durch die öffentliche Schelte ungerecht behandelt, sah aber seinen gravierenden Fehler ein. Er versuchte nun, ihn rasch wieder gutzumachen: »Ja, dazu kann ich Ihnen einiges sagen. Der Mann trug ein Priesterkostüm, war mittelgroß, höchstens ein Meter achtzig. Zu seinem Alter möchte ich mich nicht festlegen, auch nicht zu seinen Gesichtszügen, die sind zu sehr im Dunkeln geblieben. Wenn ich jetzt so darüber nachdenke, glaube ich sogar, der Mann hat sein Gesicht absichtlich vor mir und den anderen verborgen. Eins noch: Das Priesterkostüm sah wirklich echt aus.«

Ein Raunen ging durch den Raum. Das war endlich eine heiße Spur!

Als Martín noch einmal nach dem Wagen fragte, war seine Stimme schon viel versöhnlicher. Der Getadelte merkte das, und seine Stimme wurde sofort wieder etwas fester und sicherer:

»Dazu ist meine Erinnerung sogar sehr gut. Der Kerl stieg in einen Corsa, ein älteres Modell, Farbe Silbermetallic. Ich kann auch zu dem Nummernschild etwas sagen. Es hatte auf jeden Fall eine alte Teneriffa-Nummer, und zu hundert Prozent kamen die Ziffern 0833 darin vor.«

Das war mehr an nützlicher Information, als Teniente Martín erwartet hatte. Er bereute schon ein wenig, den Beamten so angefahren zu haben und entließ ihn mit etwas freundlicherer Miene.

Bald fand sich die Sonderkommission in einer hitizgen Debatte wieder. Schnell wurde man sich einig, mit Entscheidungen nicht auf den Bericht des rechtsmedizinischen Instituts zu warten. Es gab so schon genug Anhaltspunkte, den Täter einzukreisen.

Der Zulassungsstelle übermittelten sie den Auftrag, alle Wagen aufzulisten, auf die alle Erkenntnisse zu Fahrzeugtyp, Fahrzeugfarbe und Zahlenkombination auf dem Nummernschild passten.

Dann sprachen sie lange über das Kostüm des mutmaßlichen Mörders. Es gab nach der Meinung von Teresa Zafón Aufschluss darüber, warum die Opfer ihrem Mörder so vertrauensselig begegnet waren. Entweder hatten sie ihn wirklich für einen Priester gehalten, das Kostüm sollte ja so echt ausgesehen haben, oder sie hatten in ihm einen Gleichgesinnten, eben einen Karnevalisten gesehen.

Der gründliche Inspektor Vicente Morales wies auf einen weiteren Ansatzpunkt für ihre Ermittlungen hin: »Der Mörder muss sein Opfer gekannt haben«, wiederholte er Ramóns Mutmaßung. »Wie sonst hätte er wissen können, wo die Frau hinfuhr, beziehungsweise, wo sie wohnte?«

Dies in Erinnerung zu rufen, war richtig und wichtig. Die Kommission musste alles daransetzen, im Umfeld der Toten irgendeinen Bekannten oder Verwandten zu finden, der hierfür infrage kam. Der Mörder war damit erneut eingegrenzt: Er musste ein Verwandter oder Bekannter der Toten sein!

Hugo Silva stöhnte leise, als er an die vielen Befragungen dachte, die das mit sich bringen würde.

28

Ramón Martín wollte sich schier in den Bauch beißen, weil er bei der Karnevalsveranstaltung nicht dabei gewesen war. »Ich hätte den Einsatz selbst leiten müssen«, dachte er. »Vielleicht wäre dann alles anders gelaufen.«

Aber die momentane Situation mit Teresa hatte ihn davon abgehalten. Nach ihrer ersten gemeinsamen Nacht in seinem Haus und ihren harschen Abschiedsworten war alles irgendwie anders geworden. Ramón Martín war verunsichert gewesen, wie er sich ihr gegenüber nun verhalten sollte. Eine weitere Abendeinladung, als wäre nichts geschehen, erschien ihm jedenfalls nicht das Richtige. Teresas Verhalten bei einem weiteren Treffen der SOKO hatte ihn in dieser Einschätzung bestärkt, denn sie hatte sich sehr zurückhaltend gegeben.

Obwohl sie nicht unfreundlich war, wirkte sie nach wie vor distanziert, und sie hatte, anders als sonst, nicht die Möglichkeit gesucht, mit ihm für einen Moment allein zu sein. Sie war zu dem Treffen sogar mit ihrem eigenen Wagen gekommen. Der Grund, den sie dafür angab, klang plausibel. Sie sei direkt von einer Begutachtung aus dem Klinikum gekommen, sagte sie. Es war in Martíns Augen jedoch schon ein ziemlicher Zufall, dass die vermeintlich notwendige Einzelfahrt gerade mit dem Zeitpunkt zusammenfiel, an dem sie sonst üblicherweise gemeinsam gefahren wären. Ramón bemühte sich, seine negative Gedankenflut zu stoppen. »Lebe den Tag, genieße das kleine Glück.« Er versuchte, sich an Teresas Abschiedsworten ein wenig aufzurichten.

Dann drängte sich wieder in den Vordergrund, welche Verantwortung er für die SOKO hatte und dass es nun um die Auflösung der fürchterlichen Mordserie ging. Er beschloss, seinen privaten Kummer zunächst in Arbeit zu ertränken.

Er ordnete an, die Bevölkerung schon jetzt über Radio und Zeitung zur Mithilfe aufzurufen, und zwar bevor die laufenden Überprüfungen eine weitere Eingrenzung des Täterprofils erlaubten. Ihm schien Eile geboten. Gefahr im Verzug. Er fürchtete den nächsten Mord.

Teniente Martín verfasste selbst einen ersten Aufruftext und bemühte sich dabei, die wichtigsten Erkenntnisse darin aufzunehmen:

»Die Polizei bittet um Mithilfe bei der Ermittlung in einem Mordfall: Wem ist eine Person bekannt, die einen älteren Opel Corsa fährt, Farbe Silbermetallic, altes Teneriffa-Kennzeichen mit den Nummerbestandteilen 0833? Die gesuchte Person hat sich während des Karnevals mehrfach als Priester kostümiert und war zumindest bei folgenden drei Karnevalsveranstaltungen zugegen oder in der Nähe: La Canción de la Risa, Teatro Guimerá; Concurso de Comparsas, Centro Internacional de Ferias y Congresos; Gran Gala de la Elección de la Reina del Carnaval, Centro Internacional de Ferias y Congresos.«

Als er den Text an Teniente Hugo Silva zur Begutachtung und weiteren Veranlassung gab, kam von dem ein verdutztes »Ja, aber... auf Drängen der katholischen Kirche erbitten wir zurzeit andauernd Suchaufrufe für einen Priester aus La Laguna, der seit über einer Woche vermisst wird. Die Medien mögen es gar nicht gerne, wenn die närrische Zeit mit solchen Aufrufen überschattet wird. Sie passen nicht in diese sorglose Periode. Wenn wir nun noch mal mit so etwas Negativem kommen, ohne eine dramatische Neuigkeit bieten zu können... Erst wenn Meldungen zu einer wirklich dramatischen Neuigkeit werden, findet die Presse sie interessant und akzeptabel. Davon sind wir mit diesem Text aber meilenweit entfernt.«

»Dann muss eben, um Himmels willen, die Kirche einmal zurückstehen und uns den Vortritt lassen! Mord geht vor, erst recht eine Mordserie!«

Teniente Martíns Satz klang wie ein Befehl, und so verstand Hugo Silva ihn auch. Er gab sich in den nächsten Stunden erdenkliche Mühe, alles in Martíns Sinne zu regeln, und bald gingen die ersten Aufrufe zur Suche des Mörders über den Äther.

Noch am selben Tag konnte Martín feststellen, dass sein Vorpreschen richtig gewesen war.

Der neugierige Bewohner von San Andrés beäugte nicht nur das Geschehen vor der Haustür, sondern hörte auch für sein Leben gern Radiomeldungen. Fast zwei Wochen hatte er nun schon diesen merkwürdigen Mann beobachtet, der bei ihnen im Ort im Plastikcontainer immer wieder Wasserkanister entsorgte und sogar einmal im Wirtshaus eingekehrt war. Nun suchte anscheinend die Polizei nach ihm.

Der Kerl war ihm direkt verdächtig vorgekommen. Er war sich sicher, dass der Gesuchte nur der sein konnte, den er so oft beobachtet hatte. Die Polizei suchte nach einem alten Corsa, Silbermetallic, mit einem alten TF-Nummernschild. Das alles und auch die abgefragten Zahlen stimmten mit dem überein, was er gesehen hatte. Nur mit einem Unterschied: Er kannte die Nummernfolge komplett, denn sein Gedächtnis für Zahlen war exzellent!

Der Mann entschloss sich, ohne zu zögern, die Polizei zu informieren. Vielleicht würde es für sachdienliche Hinweise sogar eine Belohnung geben!

Schon nach einer halben Stunde war seine Nachricht in den Händen von Teniente Hugo Silva. Nach einem ersten Impuls wollte dieser sich sofort mit Ramón Martín kurzschließen. Doch dann siegte in ihm der Wunsch, mit Eigenständigkeit selbst Erfolg zu suchen.

Er ließ über die nunmehr komplette Fahrzeugnummer Name und Adresse des Fahrzeughalters in Erfahrung bringen. Das ging sehr schnell. »Der Mann heißt Jordi Serrat und wohnt ganz hier in der Nähe«, erfuhr er schon nach einer Viertelstunde von einem Mitarbeiter der Zulassungsstelle.

Silva informierte sofort seinen Kollegen. Endlich standen sie kurz vor der Auflösung des Falles.

»Gut gemacht, Herr Kollege«, lobte ihn Martín. »Und nun gehen Sie bitte schnellstens mit einem Trupp in die Wohnung des Verdächtigen und setzen ihn fest, wenn Sie ihn antreffen. Dann schauen Sie sich dort auch gründlich um. Wir brauchen keinen Durchsuchungsbefehl abzuwarten, schließlich ist Gefahr im Verzug!«, kam er einer möglichen Widerrede zuvor.

»Nichts lieber als das«, antwortete Hugo Silva erfreut über das Lob und stand schon nach einer weiteren Dreiviertelstunde mit vier Männern auf der Treppe von Jordi Serrats Wohnhaus.

Die Hausmeisterin stellte sich ihnen mit großen Augen in den Weg. »Wo wollen Sie hin? Zu Señor Serrat? Das ist wirklich Gedankenübertragung! Ich wollte gerade die Polizei rufen. Unser Lehrer ist sonst ein ganz ruhiger Vertreter, aber eben hat er in seiner Wohnung gebrüllt wie ein angestochenes Kalb. Ich habe es deutlich gehört, weil ich gerade das Treppenhaus auf seiner Höhe wischte. Irgendwas ist da nicht in Ordnung, auch wenn es jetzt wieder ruhig geworden ist.«

Inspektor Silva fragte zurück: »Haben Sie einen Zweitschlüssel zu seiner Wohnung?«

Die Frau nickte.

»Dann kommen Sie bitte mit.« Zu sechst stürmten sie die Treppe hoch, und die arme Frau wusste gar nicht, wie ihr geschah.

29

Bei Jordi Serrat hatten sich derweilen turbulente Szenen abgespielt. Seine Erfolge hatten ihn zunächst immer euphorischer, aber auch verwirrter gemacht. Als ihm dann aus dem Radio der Suchaufruf entgegenschallte, erkannte er, dass man ihn langsam, aber sicher eingekreist hatte.

Schon das regte ihn maßlos auf, aber der Sprachgebrauch der Meldung machte ihn noch viel wütender. Er empfand es als ein Sakrileg, dass man bei seinen Taten von Morden sprach. Notwendige und wichtige Bestrafungen hatte er vorgenommen! Aber was wussten die da draußen schon, was wichtig und notwendig war? Er war ein besonderer Mensch, durch entsetzliche Pein geläutert und gereinigt. Er stand dadurch weit über den sonst so brüchig gewordenen Moralbegriffen seiner Umwelt, glaubte er.

Was nun passierte, verunsicherte ihn gleichzeitig auch und weckte wieder einmal Zweifel in ihm: Wenn er seine Umwelt mit seinen Taten nicht überzeugen konnte, für was waren die dann gut gewesen? Waren sie überhaupt gut gewesen? Würde wenigstens Gott sie gutheißen? Jordi Serrat hatte versucht, diese sündige Welt zu verbessern. Nun erfuhr er kein Lob dafür, sondern wurde stattdessen verfolgt. Gott schützte ihn nicht, das war ein Zeichen! War er einfach nur von Pater García Talavera verblendet gewesen? Sein Elan, mit den Bestrafungen fortzufahren, war mit einem Mal dahin.

Die Suche nach ihm in den Medien weckte stattdessen große Ängste. »Was wird geschehen, wenn sie mich fassen?«, fragte er sich verzweifelt. Er würde wie ein Tier eingesperrt und in einem Käfig elendig verrecken. Das durfte nicht sein!

Ja, er hatte sich von Pater García täuschen lassen. Seine eigene Bestrafung schien unausweichlich. Am Ende hatte der Priester nur mit der Beurteilung seiner

Person Recht behalten: Er war wirklich minderwertig und schwach! Sein vermeintlicher Erfolg war eine kurzlebige, betrügerisch schillernde Luftblase gewesen, die nun davor stand, ins Nichts zu zerplatzen.

Jordi wusste einfach nicht mehr weiter. Je länger er grübelte, umso verwirrter wurde sein Geist. Auch der Versuch, sich mit Alkohol zu betäuben, brachte ihm keinen Frieden. Er würde wie ein Tier eingesperrt werden, und so begann er, wie ein waidwundes Tier zu schreien und schrie, bis das Schreien in hemmungsloses Schluchzen überging und dann in ein großes Schweigen.

Als es an seiner Wohnungstür schellte, reagierte Jordi Serrat gar nicht mehr auf äußere Laute, sondern blieb regungslos auf dem Fliesenboden liegen. Es läutete noch mehrmals Sturm, bevor das Klingeln mit einem Mal abbrach. Jordi Serrat registrierte auch nicht mehr die eintretende Stille.

Vor der Tür fragte Teniente Silva die Hausmeisterin: »Und Sie sind sicher, dass er zu Hause ist?«

Die alte Frau bestätigte das im Brustton der Überzeugung.

»Dann öffnen Sie uns bitte seine Wohnungstür«, und wie zur Entschuldigung murmelte er den polizeilichen Standardsatz vor sich hin: »Gefahr im Verzug.«

Die Beamten zogen ihre Schusswaffen und begaben sich in Habachtstellung.

Die Hausmeisterin wurde sich erst jetzt der Gefahr bewusst, in der sie sich befand. Sie schloss ganz vorsichtig auf, um dann schnell hinter den Beamten in Deckung zu gehen. Das schien ihr geboten. Die Angst siegte in diesem Moment über ihre große Neugier.

Als die Türe aufflog, sahen allesamt erleichtert, dass ihnen keine Gefahr von Jordi Serrat drohte. Er lag wie ein Embryo auf dem Boden zusammengerollt und schluchzte leise vor sich hin. Erst als er das Geklapper ihrer Schritte hörte, schaute er verwirrt auf. Doch sein Blick war ins Unendliche gerichtet, und der schluchzende Mann murmelte flehentlich vor sich hin: »Pater García Talavera hilf mir, Pater hilf mir!«

Er war in seiner Not und Verzweiflung wieder zum Kind geworden und kannte wie damals die Herrschaft seines früheren Herrn und Meisters wie selbstverständlich an. Sein kurzzeitiger Triumph über ihn war vergessen.

Als Jordi Serrat den Namen Pater García Talavera aussprach, klingelte etwas im Kopf des Inspektors. Etwas verband er mit diesem Namen, wenn er auch nicht gleich sagen konnte, was es war…

Er schritt mit einem Kollegen die einzelnen Räume ab. Im Schlafzimmer fanden sie, was sie suchten. Sorgfältig auf einem Kleiderbügel aufgehängt hing ein Priesterkostüm. Man sah ihm an, dass es in letzter Zeit mehrfach getragen worden war. Es war nicht mehr ganz sauber und ziemlich faltig.

An dem Kostüm baumelte ein kleines Ledersäckchen. Der Teniente öffnete es, schaute hinein und sah ein Klappmesser. Er holte es heraus und betrachtete es genau. Auf dem Rand der Klinge fand er die Buchstaben und Zahlen, die sich auch in den toten Körper der ermordeten Karnevalistin gedrückt hatten: IK.Nr. 90. Diese Kombination hatte er sich eingeprägt.

Er hatte den Mörder gefunden! Ohne an die ausstehende Spurensicherung zu denken, nahm Hugo Silva die gefundenen Sachen an sich. Dann ging er ins Wohnzimmer zurück und befahl seinen Leuten, den Lehrer zu verhaften.

Jordi Serrat ließ alles willenlos mit sich geschehen.

Als Teniente Silva am Schreibtisch vorbeikam, sah er ein kleines, in Leder gebundenes Büchlein offen daliegen. Er nahm es, schlug es auf und warf einen Blick hinein. Es war ein Tagebuch des Mörders, bestimmt sehr wichtig für ihre Ermittlungen. Hugo Silva packte es zu den anderen Dingen und nahm es ebenfalls mit.

Für eine gründliche Untersuchung der Wohnung forderte er jetzt erst die Spurensicherung an. Obwohl alles glasklar schien, war jedes zusätzliche Beweismittel wichtig.

Noch auf dem Weg zurück zur Polizeistation erreichte ihn ein Anruf. Der silberne Corsa war ein weiteres Mal gesehen worden. Ein Bewohner eines kleinen Bergdorfes oben im Gebirge hatte ebenfalls auf die Rundfunkaufrufe reagiert und sich bei der Polizei gemeldet. Er war vor wenigen Tagen mit seiner Frau auf der Rückfahrt von einem Großeinkauf in der Stadt gewesen, als er an einer Parkbucht vorbeifuhr, in der ein silbergrauer Opel Corsa stand, ein Wagen wie der gesuchte. Der Mann konnte sich sogar noch daran erinnern, dass der Opel ein altes Teneriffa-Nummernschild hatte. Die Nummer selbst war ihm nur in Teilen erinnerlich. Die im Radio genannte Zahlenreihe erkannte er jedenfalls!

Als man Teniente Hugo Silva diese Nachricht durchgab, fiel es ihm wie Schuppen von den Augen. Der Verhaftete hatte »Pater García Talavera« vor sich hin gemurmelt, und das war der Name des Priesters aus La Laguna, der seit fast zwei Wochen als vermisst galt! Die beiden Fälle gehörten also zusammen!

Hugo Silva wusste sofort, dass er die Kommissionsmitglieder zusammentrommeln musste. Dafür rief er Martíns Sekretärin Ana an. Nun würde es ihnen sicher gelingen, die Mordserie endlich abzuschließen. Die Lösung der Fälle schien unausweichlich.

30

Als Hugo Silva auf dem Revier ankam, erlebte er eine Überraschung: Teniente Ramón Martín war bereits da. Ihn hatte es nicht in Puerto gehalten. Er wollte unbedingt da sein, wo sich etwas Entscheidendes tat. So war er dann auch der erste, der von Hugo Silva alle Neuigkeiten erfuhr.

Wie Hugo Silva, spekulierte er noch während des Berichts über eine Verbindung zwischen den Morden und der Entführung des Priesters. Er ließ seiner Fantasie freien Lauf und kam zu dem Schluss, dass der Priester vielleicht dort oben in den Bergen versteckt war, warum auch immer.

»Dann hatte Jordi Serrat auch sicher die Wasserkanister zu ihm hinaufgebracht und die leeren unten in San Andrés entsorgt«, spann Silva Martíns Überlegungen weiter.

Ein Suchtrupp musste oben im Gebirge vorsorglich nach dem Priester suchen, entschieden die beiden. Schließlich schwebte dieser ohne Tabletten in Lebensgefahr. Teniente Hugo Silva übernahm es, wie schon so oft in ihrer Zusammenarbeit, alles Notwendige zu arrangieren.

»Sie sollten aus den Wohnungen von Jordi Serrat und Pater García Talavera etwas mitnehmen, woran die Hunde Witterung aufnehmen können«, rief Martín noch hinter ihm her.

Bevor sich der tüchtige Teniente Silva auf die Socken machte, ließ sich Ramón Martín noch Serrats Tagebuch geben. Damit zog er sich voll Neugierde in ein Zimmer zurück und begann zu lesen.

Martín las das Tagebuch ohne Pause bis zum Ende. Es fesselte und bewegte ihn von der ersten bis zur letzten Seite. Zutiefst erschüttert erlebte er mit, wie sich im Kopf von Jordi Serrat der Wahnsinn zusammenballte und schließlich sein gesamtes Gehirn ausfüllte. Der Verhaftete hatte täglich fast alles akribisch aufs Papier gebracht.

Als Martín am Ende der Aufzeichnungen ankam, musste er für einen gehörigen Moment innehalten, um seine aufgewühlten Gefühle wieder in den Griff zu bekommen.

Dann ging ein zufriedenes kleines Lächeln über sein Gesicht. Er hatte am Baum der Erkenntnis gegessen! Er war der erste in der Kommission, der die Zusammenhänge klar sah und kannte.

Bei der Lösung beider Fälle hatte ohne Zweifel »Kommissar Zufall« mächtig mitgespielt. Aber er konnte trotz allem für sich auch das Glück des Tüchtigen reklamieren. Schließlich hatte er die Beschattung aller Karnevalistinnen nach der Gala im Messezentrum angeordnet und die schnellen Aufrufe in den Medien erwirkt. Die hatten schlussendlich zum Ergreifen von Jordi Serrat geführt. Er hatte auch nicht gezögert, aufgrund der ersten einlaufenden Indizien die Falle über Serrat zuschnappen zu lassen. Er konnte sich also mit Fug und Recht einen Orden anheften! Aber wenn er ganz ehrlich mit sich war, gebührte Teresa Zafón viel größere Bewunderung. Alles, was sie analysiert und beigetragen hatte, hatte Hand und Fuß gehabt. Er ließ ihre Vorträge noch einmal Revue passieren:

Teresa hatte Jordi Serrat als Hysteriker erkannt. »Menschen mit hysterischer Struktur zeigen eine Persönlichkeitsstörung, bei der Geltungsbedürfnis, Egozentrismus und ein Bedürfnis nach Anerkennung im Vordergrund stehen«, hatte sie ihnen erklärt. Diese Anerkennung hatte Serrats krankes Hirn wirklich gesucht, aber bis zum bitteren Ende nicht gefunden. Teresa Zafón hatte ebenfalls vorhergesagt, dass der Mörder fremdbestimmt, aufgrund eines Schlüsselwortes, zu seinen Taten getrieben würde.

Martín kamen die Worte von Papst Pius II. in den Sinn, die Pater García Talavera seinem Schüler ins Hirn gebrannt hatte und die dieser sogar in sein Tagebuch übertragen hatte. Sie waren zum Motto geworden, das ihn bei seinen schrecklichen Morden leitete.

Dass Jordi Serrats Taten Strafcharakter hätten, war ebenfalls eine Hypothese der Psychologin gewesen. Ramón Martín hatte es nun Schwarz auf Weiß bestätigt gefunden. Auch mit der Bedeutung der zertrümmerten Spiegel neben allen Opfern hatte Teresa Zafón richtig gelegen. Er las noch einmal die Worte nach, die Jordi Serrat über seinem ersten Opfer gesprochen und danach seinem Tagebuch anvertraut hatte: »Spiegel sind Symbole der Eitelkeit, sie fangen die Sünde ein und steigern die Verderbtheit.«

Teresa hatte als erste die Vermutung ausgesprochen, dass der Täter, wie seine Opfer, verkleidet gewesen sein könnte und ihnen dadurch bei der nächtlichen Begegnung jegliches Angstgefühl nehmen konnte. Vielleicht hatten die Opfer ihn auch wirklich für einen Priester gehalten, also für eine Vertrauensperson! Das hatte ihnen die Psychologin als Alternative angeboten. Auch diese Vermutung hatte sich bewahrheitet.

Jordi Serrat musste, wie von Zafón vermutet, Frauen erst töten, bevor er sie »vergewaltigte«. Das Einstechen auf die Vagina war für ihn wie ein gewaltvolles Eindringen mit einem Ersatzpenis gewesen. Jordi Serrat machte in seinem Tagebuch keinen Hehl aus seinen Problemen mit Frauen. Er bekannte auch, wie sehr er unter seiner Impotenz litt.

Teresa Zafón war wirklich eine bemerkenswerte Frau, und sie würde ihnen mit Sicherheit auch die nun erneut eingetretene dramatische Persönlichkeitsveränderung des Mörders erklären können. Ungeduldig wartete Ramón Martín auf ihr Eintreffen und das der übrigen Kommissionsmitglieder.

Sie kamen in Etappen, und jedem von ihnen stand die blanke Neugierde ins Gesicht geschrieben. Jeder stellte, wenn auch mit etwas abweichenden Worten, aufgeregt die gleiche Frage: »Haben wir den Mörder wirklich?«

Unterinspektor Gómez war in seiner Wortwahl besonders drastisch: »Haben wir das Schwein endlich? Wenn ja, dann muss ich mich entschuldigen, dieses Mal habe ich wirklich nicht viel dazu beitragen können.«

Inspektor Vicente Morales schaute ihn irritiert an: »Quatschen Sie nicht so dumm herum, wir sind ein Team. Aber warum sagt uns niemand, dass wir wirklich aufatmen können?« Sein Blick wanderte mit dieser Frage zu Ramón Martín hin.

Teniente Martín rührte sich endlich. Er hob seine Hände beschwichtigend an und sagte: »Ruhig Blut, Leute. Wir haben ihn. Ich habe auch schon viel zu berichten. Vieles, was wir bisher nur theoretisch diskutiert und vermutet haben, fand Bestätigung im Tagebuch des Täters.« Er hielt das kleine Lederbüchlein hoch, damit es alle sehen konnten. »Aber Hugo Silva war bei der Verhaftung und bei den ersten Schritten zur Überführung des Mörders anwesend, er sollte zunächst berichten. Ich habe die Zeit bis zu ihrem Kommen genutzt, das ganze Tagebuch des Täters zu lesen. Schrecklich, sage ich euch, ganz schrecklich, was ich da erfahren musste! Ich kann Ihnen davon eine Kurzfassung anbieten.«

»Kann man uns den Mörder denn nicht selbst vorführen? Ist er nicht vernehmungsfähig?«, fragte Teresa Zafón irritiert.

»Ich glaube, das geht nicht«, entfuhr es Hugo Silva. »Der steht neben sich. Der ist so irre wie seine Taten!«

Doktor Mendoza schaute zwischen Hugo Silva und Ramón Martín einige Male hin und her, dann fragte er: »Wäre es nicht besser, wenn ich mir als Arzt darüber ein Bild machen würde? Gerne zöge ich dazu auch unsere charmante Kollegin hinzu«, fügte er hinzu und lächelte Teresa freundlich ins Gesicht.

Schon über diese kleine Andeutung eines Flirts kamen in Ramón Martín Eifersuchtsgefühle auf, und er wollte spontan widersprechen. Doch dann besann er sich eines Besseren. Er musste Privates und Berufliches trennen. Dienst war Dienst, und Schnaps war Schnaps. Also stimmte er, ohne eine Miene zu verziehen, der Bitte des Doktors zu.

Teresa Zafón hatte als einzige seinen kurzen inneren Kampf bemerkt und richtig interpretiert, sie drehte ihren Kopf seitlich weg, um heimlich zu lächeln.

Die beiden Mediziner verließen darauf zusammen den Raum, und der Rest der SOKO versank in abwartendes Schweigen. Als die beiden von ihrer Untersuchung zurückkamen, sah man sofort, dass sie sich einig waren in ihrer Beurteilung. Mendoza ließ der Psychologin höflich den Vortritt, und so schilderte Teresa Zafón den Befund und kommentierte ihn sofort aus psychologischer Sicht:

»Señor Jordi Serrat ist zurzeit nicht vernehmungsfähig. Er fantasiert, ist nicht ansprechbar, ich würde sagen, geistig völlig abwesend. Ich befürchte, dass sich das niemals nachhaltig ändern wird.«

»Dem ist nichts hinzuzufügen«, bestätigte der Arzt diese traurige Analyse.

Inspektor Martín war erleichtert über diese eindeutige Bewertung. »Dann können wir also fortfahren, wie ich es vorgeschlagen hatte. Hugo Silva erzählt uns die Einzelheiten der Verhaftung, und ich erläutere die Zusammenhänge anhand der Aufzeichnungen im Tagebuch.«

Ramón merkte, dass er mit diesen Worten Teresas Wunsch, den Täter selbst zu untersuchen, indirekt kritisiert hatte. Deshalb schob er schnell ein Friedensangebot nach: »Und wir werden schnell erkennen, in welch kompetenten Psychologinnenhänden wir uns die ganze Zeit befunden haben. Frau Doktor Zafón lag nämlich mit nahezu all ihren Analysen goldrichtig.«

Als Hugo Silva und Ramón Martín mit ihren Berichten fertig waren, herrschte Schweigen im Raum, bis sich Teresa Zafón zu Wort meldete. »Nun kommen bestimmt die

Erklärungen zu den psychischen Verwandlungen unseres Mörders«, dachte Ramón Martín für sich, und er behielt Recht.

»Unser Gehirn ist sehr komplex. Es hat immerhin 100 Milliarden Nervenzellen. Was genau darin vorgeht, können wir nur ahnen, auch wenn wir dauernd dazulernen. Wir haben im Gehirn eine Vorstellung von sozialem Verhalten gegenüber anderen. Man kann sagen, wir sind erst einmal vom Prinzip her gut. Das ändert sich gewaltig, wenn das Gegenüber nicht mehr als Mensch gesehen wird, sondern, wie von unserem Mörder, als Träger von Übel und Bösem. Dann geht die emotionale Komponente gegenüber solchen Personen verloren. Es fällt nicht mehr schwer, sie zu schädigen, gar zu töten, denn die moralische Bremse im Hirn ist gelöst.

In der Bewertung der daraus resultierenden Taten bleibt es für uns allerdings dabei, dass wir als Gesellschaft diese Entwicklung nicht dulden dürfen. Wir müssen schließlich als Gesellschaft weiter funktionieren. Wer gegen das akzeptierte moralische Regelsystem in gravierendem Ausmaß verstößt, muss isoliert und aus unserer Mitte genommen werden. Das muss nun auch mit Jordi Serrat geschehen.

Überspitzt könnte man sagen, dass Pater García Talavera mit seiner Doktrin der eigentliche Mörder war. Unausgesprochen steht die Frage im Raum, ob der Priester die von Jordi Serrat zwar wohl unbewusst, aber grausam arrangierte Todesstrafe nicht irgendwie verdient hat. Jordi Serrat als Mörder war auf jeden Fall in den entscheidenden Momenten nur ein vom Priester dominiertes, verleitetes Geschöpf. Für uns ist er Täter, für sich war er bis zum

Schluss Opfer mindestens seiner Umstände. Mit seinem Tagebuch haben wir ein großes Hilfsmittel in den Händen, die Welt mit seinen Augen noch besser zu verstehen. Man wird es noch sehr gründlich analysieren müssen, schon allein um für die Zukunft daraus zu lernen.

Für mich steht allerdings jetzt schon fest: Jordi Serrat handelte fremdbestimmt und hysterisch. Er hat sich dagegen wohl eine lange Zeit gewehrt, doch er musste scheitern. Das erneute, zufällige Zusammentreffen mit Pater García Talavera war ein dramatischer Umstand, der alles in Aufruhr versetzte. Zunächst wollte Jordi Serrat nur die Entschuldigung seines Peinigers. Dann wollte er es dem Priester recht machen. Er machte sich dessen Sicht über Frauen zu Eigen, um von ihm gelobt zu werden. Als Pater García in seinen Augen schwach wurde, bestärkte ihn das nur, auf dem eingeschlagenen Weg fortzufahren. Er sah darin sogar eine Möglichkeit der Selbstfindung. Er suchte nun durch eigene rituelle Bestrafungen die Anerkennung und das Lob der gesamten Gesellschaft. Doch auch damit erlitt er Schiffbruch. Es ist folgerichtig, dass Jordi Serrat bis zuletzt keine Reue empfand. Er verharrte stattdessen nach seiner Verhaftung, die in seinen Augen seine gerade erst begonnene Siegesserie unterbrach, in dumpfer Apathie.«

Als Teresa Zafón geendet hatte, blieb es ruhig. Sie hatte allen irgendwie aus dem Herzen gesprochen. Ein gewisses Mitleid mit dem Mörder lag in der Luft.

Teniente Martín besann sich auf seine Sprecherrolle. Irgendwie mussten sie zu einem Ende kommen. »Nun, Kollegen, wir haben den Fall gelöst. So etwas ist immer bedrückend. Wir werden nun größtenteils auseinandergehen, und mir bleibt nur, Ihnen Dank zu sagen für die gute Zusammenarbeit. Eigentlich sollten wir noch einmal gemütlich zusammensitzen, aber danach steht wohl heute keinem der Sinn. Was halten Sie davon, wenn wir uns hier in Santa Cruz zum Ende des Karnevals noch einmal treffen, zur Beerdigung der Sardine?«

Ramón Martín traf damit die allgemeine Stimmungslage auf den Punkt. Man wurde schnell einig über seinen Vorschlag.

Beim Auseinandergehen nahm Ramón Teresa kurz beiseite. »Werden wir beide wieder gemeinsam mit unseren frommen Kostümen zum Abschluss des Karnevals gehen, und darf ich dich mit dem Wagen abholen?«, fragte er vorsichtig.

»Bevor du eine Gewerkschaft gegen Verweigerung gründest, gehe ich wohl besser auf deine Forderung ein«, schmunzelte sie und gab ihm vor den Augen der anderen den lange vermissten Kuss.

Die Medien reklamierten die Festnahme des Mörders als ihren Erfolg. Aus ihrer Sicht ging das schnelle Ergebnis nicht auf polizeilichen Spürsinn zurück, sondern nur auf ihre gezielten Suchaufrufe. Ihre Selbstbeweihräucherung beinhaltete sogar separatistische Töne. Der Mörder wurde als Festlandspanier bezeichnet, der mit seinem schändlichen Tun das Image der Urlaubsinsel schwer geschädigt hatte. Dass der Mörder Opfer sexuellen Kindesmissbrauchs war, rückte in den Hintergrund.

Ramón Martín konnte über so viel Arroganz nur den Kopf schütteln. Hatte nicht die Polizei die Aufrufe vorgegeben und sogar sanften Druck ausüben müssen, damit sie überhaupt so oft erschienen? Auch die Schlüsse, die aus den eingegangenen Anrufen gezogen wurden, waren doch keine Selbstverständlichkeit gewesen. Aber es war offenbar typisch menschlich »Hier!« zu schreien, wenn Lorbeeren zu verteilen waren. Bei Misserfolgen hingegen wollte es keiner gewesen sein.

Die Politiker verhielten sich gleichermaßen eitel. Nur sie hatten die Bevölkerung durch bedachte Vorgaben geschützt und Schlimmeres verhindert. »Politiker denken anscheinend: Ich stehe in der Zeitung, also bin ich«, dachte Ramón Martín, genervt über die Vielzahl der Interviews, die in den nächsten Tage erschienen.

31

Heute fand keine Karnevalsveranstaltung statt, und so konnten ohne größere Probleme 50 Mann aus Santa Cruz abgezogen und sogar als Suchtrupp mit Hunden zum Einsatz gebracht werden. Auch die Hunde brauchte man heute im Stadtgebiet nicht. Man musste mit ihrer Hilfe weder Betrunkene noch Randalierer in Schach halten. So rollte die Suche nach Pater García Talavera nun in größerem Stil an.

Der berufene Einsatzleiter faltete die große Landkarte zusammen, auf der das gesamte Gebiet des Anaga-Gebirges abgebildet war. Über die Rolle schob er ein Gummiband und stellte sie in ein Gefäß, in dem schon ein halbes Dutzend Detailkarten standen, die er ausgewertet hatte.

Die Sonne der Mittagszeit schien durch die Fenster des Büros und hatte den Raum bald so stark aufgeheizt, wie die Stimmung unter den Männern war. Einer der Beamten ließ die Jalousien herunter, um die Hitze abzuschirmen. Ihre Anspannung wurde dadurch jedoch nicht abgekühlt.

»Es ist wie verhext, dass wir den Verbleib des Paters nicht klären können. Auf den Karten sollen doch alle Höhlenhäuser eingezeichnet sein und auch alle anderen Gebäude und Unterschlupfe!«

»Nun, Chef, eingezeichnet können natürlich nur die genehmigten Häuser sein. Ich möchte nicht wissen, wie viele wilde, ungenehmigte Bauten es auf unserer Insel gibt. Da oben in der unzugänglichen Höhe mit den vielen Naturhöhlen ist es ein Leichtes, ohne elektrischen Strom und ohne fließend Wasser ein Versteck auszubauen oder auch ein verbotenes Wochenendhaus.«

»Dann bleibt uns nichts anderes übrig, als das gesamte Gebiet abzusuchen. Es ist noch groß genug, auch wenn wir es nun durch die beschriebene Parkbucht etwas eingrenzen können«, knurrte der Leiter. »Wir beginnen also mit der Suche im weiteren Umfeld des Parkplatzes.«

»Das ist die einzig richtige Entscheidung«, versuchte ihn sein Mitarbeiter etwas aufzumuntern. Er kam sich dabei etwas komisch vor, nachdem er gerade noch erklärt hatte, wie schwer es war, in diesem unwirtlichen Landstrich überhaupt einen Treffer zu landen. »Wir haben jetzt wirklich bessere Voraussetzungen als bisher«, fuhr er fort. »Wir haben einen Erfolg versprechenden Ausgangspunkt, und wir haben Hunde!«

»Karneval ist fast vorüber, nur die Beerdigung der Sardine steht noch aus. Wir können genügend Männer abziehen, und besonders die Hundeführer müssen nicht für das Streifegehen zurückgehalten werden. Von den Hundestaffeln verspreche ich mir am meisten«, stimmte ihm sein Vorgesetzter schon etwas besser gelaunt zu. Er war von seinen Worten sogar überzeugt, er wollte einfach überzeugt sein!

»Na dann los, an die Arbeit, Männer! Dieses Mal brauchen wir einen Erfolg. Man verspottet die Polizei in den Medien bereits als Gurkentruppe. Dabei haben wir noch Glück, dass die Berichterstattung über den Karneval alles andere überlagert und die Negativmeldungen über uns sich in Grenzen halten. Jetzt, wo bald Schluss mit Lustig ist, wird sich das schnell ändern. Also macht euch auf die Socken!« Dann drehte er sich um und ging aus dem Raum.

Die Männer waren ärgerlich, dass sie in die Büsche aufbrechen mussten, denn es war inzwischen eine graue Regenwand aufgezogen. »Dieser Wetterumschwung ist kein gutes Omen«, meinte einer von ihnen.

Je höher sie mit ihren Kastenwagen kamen, desto regnerischer und wolkenverhangener wurde es. Lustlos fuhren die Polizeibeamten die Parkbucht an, die der Bauer so genau beschrieben hatte, stiegen aus und nahmen ihre Hunde an die Leine.

Mehrere Gegenstände aus Pater Garcías beziehungsweise Jordi Serrats Wohnung wurden herumgereicht, und die Beamten ließen ihre Hunde Witterung aufnehmen. Dann gab der Staffelführer seinen Männern Anweisung auszuschwärmen. Bald waren alle mit ihren Tieren leise fluchend in den tropfenden Büschen verschwunden.

Doch schon nach wenigen Minuten verbellte eines der Tiere eine Spur. Schnaubend und schnüffelnd hatte sich die Spürhündin Adila auf eine Fährte gesetzt und zog ihren Hundeführer hinter sich her. Im Eiltempo ging es durch das verregnete Buschwerk. Es war faszinierend, wie Adila noch nach mehreren Tagen den Geruch des Priesters erkannt hatte, denn an einem Taschentuch von ihm hatte sie Witterung aufgenommen. Selbst der Regen hatte die Fährte für ihre empfindliche Spürnase nicht wegwischen können.

Rasch erreichte der Ermittler hinter seiner Hündin das Waldstück rund um das Höhlenhaus. Als Adila vor dem Haus erneut anschlug, fiel dem Beamten der Bau in der Felswand zunächst gar nicht auf. Erst auf den zweiten Blick erkannte er die verwitterte Wand des Hauses.

Mit einer Trillerpfeife rief er seine Kameraden herbei. Die ersten trafen nach einer Viertelstunde ein. Sie entschieden sich dafür, das Schloss vor der Tür gewaltsam zu öffnen, denn die Hündin drängte mit Macht hinein und kratzte fordernd an den verwitterten Holzbalken der Tür.

Drinnen empfing die Beamten ein widerlicher Gestank. Es war Verwesungsgeruch, überdeckt von kaltem Rauch. Solch ein Gestank war den Männern von anderen Suchen her bekannt. Wie auf Kommando gingen mehrere Taschenlampen auf einmal an und fluteten den dunklen Raum mit Licht.

Der Anblick, der sich ihnen bot, war abscheulich. Neben dem groben Holztisch in der Mitte des Raumes lag die gekrümmte Gestalt eines toten alten Mannes. Die Leiche wies großflächige, hässliche Brandverletzungen auf.

Da neben dem Toten eine zersplitterte Petroleumlampe lag, sprach vieles dafür, dass sich der Mann an ihr selbst entzündet hatte. Der Tisch, auf dem die Lampe gestanden hatte, war umgefallen, und seine klobigen Beine zeigten in die Luft. Auch ein Wasserkrug war auf dem Boden zerschellt. Er war allerdings leer gewesen oder das Wasser in ihm bereits auf dem Boden verdunstet. Der gesamte Raum strotzte vor Unordnung.

Nach der Vermisstenanzeige konnte die Gestalt am Boden trotz aller Verstümmelungen der gesuchte Priester sein.

Sie nahmen die Leiche in genaueren Augenschein. Sein verkohltes Gesicht war verzerrt. Der Mann war bestimmt unter großen Schmerzen gestorben. Über dem gesamten Körper lag ein scharfer Verwesungsgeruch, und an den freien, unverkohlten Körperstellen sahen die Beamten, dass die Leiche bereits im Übergang war. Der Körper war aufgedunsen und wimmelte vor Maden.

Die Männer schüttelten sich vor Ekel. Sie hatten genug gesehen und drängten wieder nach draußen.

Ihr Staffelführer war mitten unter ihnen. Er zog sein Mobiltelefon aus der Jacke und rief die Spurensicherung an. Die war für weitere beweiserhebliche Spuren zuständig. Der Suchtrupp hatte seine Pflicht getan und Erfolg gehabt, wenn auch einen gruseligen Erfolg!

Ihr Anführer ließ die Besatzung eines seiner Fahrzeuge zur Objektsicherung zurück. Die restlichen Männer machten sich, erleichtert darüber, dass sie nicht erfolglos abzogen, auf den Rückweg in die Stadt. Sie würden noch etwas von ihrem Feierabend haben.

Die medizinische Untersuchung der Leiche bestätigte später, dass es sich bei dem Toten wirklich um den vermissten Priester aus La Laguna handelte.

32

Am Aschermittwoch kam die SOKO noch einmal in der Hauptstadt zusammen, um gemeinsam die Beerdigung der Sardine zu feiern. Es war kühl und wurde schon Nacht, als sie sich trafen.

Dunkel war auch die überwiegende Farbe der Kostüme. Priester und Nonnen prägten neben Hexen und trauernden Witwen das Bild des letzten Umzuges der närrischen Zeit. Die Kostümierten, darunter wieder viele Männer als Frauen verkleidet, betrauerten in schlichtem Schwarz das Ende des Karnevals.

Ramón und Teresa gingen Hand in Hand im Umzug mit. Sie zeigten nun, da der offizielle Teil der Zusammenarbeit beendet war, gegenüber den Kollegen ohne Versteckspiel ihre Zusammengehörigkeit und Zuneigung füreinander.

Ein junger Mann im Teufelskostüm schlängelte sich an ihnen vorbei. Als er Teresa sah, stutzte er und hielt ihr einen langen Löffel hin. »Hallo, meine Schöne! Wer mit dem Teufel essen will, braucht einen langen Löffel. Guten Appetit!« Teresa lachte gequält. Der Mann war ihr nicht ganz geheuer. Er nahm ihr eine Antwort ab, indem er kichernd davonlief.

Die verkleideten Kriminalisten ließ sich langsam im Zug zurückfallen, bis kurz vor den Wagen mit der Sardine. Ramón sorgte dafür, dass seine Leute immer gut mit

Getränken versorgt waren und prostete ihnen aufmunternd zu. Sie wollten heute alle zusammen nochmal eine Fünf gerade sein lassen.

Er und Teresa erregten unter den anderen Narren immer wieder Aufmerksamkeit: Ein Tod mit der Sense drohte ihnen wegen ihrer unverhohlenen Sympathie füreinander. Ein Trupp trauernder Putzfrauen wollte sie gar auseinanderfegen. Doch die zwei widerstanden diesen gemeinen Anstrengungen lachend.

Am Ende des Zugweges begann mit einem krachenden Bodenfeuerwerk das Verbrennen der Sardine. Bald loderte der gigantische Pappmaché-Fisch in hohen gelben Flammen und starb unter dem Johlen der Trauernden den Feuertod. Der riesige bunte Fisch wurde mit Musik und Feuerwerk begraben. Das Verbrennen der Sardine und dic »Unterbrechung« der Feiern bis zum nächsten Jahr um die gleiche Zeit entfesselte ein untröstliches Jammergeschrei unter den Narren.

Schließlich waren alle in Ramóns Team des Feierns müde und verabschiedeten sich voneinander wort- und gestenreich. »Ein solches Treffen müssen wir unbedingt einmal wiederholen.« Kollege José Gómez schwor sie feierlich auf das Versprechen ein.

Teresa und Ramón machten sich nach einer bewegten Abschiedszeremonie gemeinsam auf den Weg zur Garage.

»Es war überwältigend, mein Schatz«, sagte sie mit einem Kuss. »Aber ich möchte nicht zur Schnorrerin werden und immer auf deine Kosten feiern. Am Sonntagnachmittag kommst du zu mir zum Kaffee, dann gibt es *Rebanadas de Carnaval*«.

Aus seinem fragenden Blick las sie, dass er diese Spezialität nicht kannte.

»Du bist mir ja wirklich ein waschechter Insulaner! Das ist ein landestypisches Gebäck, das man nur zur Karnevalszeit bereitet. Lass dich überraschen!«

33

Als Ramón zum ersten Mal in Teresas Wohnung trat, war er angenehm überrascht. Das Interieur war hell und in romantischen Pastellfarben gehalten, ganz anders als das gewohnte Schwarz-Weiß ihrer eigenen Person.

»Sie hat wohl doch einen weicheren Kern«, mutmaßte er. In der Luft lag ein verführerischer Duft von Zimt und Anis und versprach Gaumenfreuden zum nachmittäglichen Kaffee.

Ramón reichte Teresa die Blumen und hielt das Papier, ganz Gentleman, zurück. Er war froh über seine Wahl. Zunächst hatte er schon der Symbolik wegen mit roten Rosen geliebäugelt, aber die hätten nicht zu der weichen Stimmung des Raumes gepasst. Der Strauß rosa Teerosen passte viel besser hierher und machte auch der Dame des Hauses sichtlich Freude. Es war alles schon vorbereitet, der Kaffeetisch liebevoll gedeckt. Teresa musste nur noch für einige Minuten in die Küche, um die goldbraun gebratenen Karnevalsschnitten hereinzuholen, die im Backofen warteten.

Bald saßen die beiden am Tisch, und es schmeckte

köstlich. Ramón ließ das Teresa auch wissen, und zwar nicht nur mit Worten, sondern auch durch die vielen gezuckerten Scheiben, die er verspeiste.

Die beiden sprachen über alle möglichen Themen. Sie ließen die gemeinsamen Karnevalstage Revue passieren und diskutierten auch das trostlose Leben des Jordi Serrat.

Auf einmal wurden Teresas Züge ganz ernst, und sie fragte ihn: »Warum hast du dich eigentlich nicht früher wieder gemeldet?«

Er wand sich ein wenig, die Antwort war ihm unangenehm, doch dann gab er sich einen Ruck: »Ich war mit dem Kopf und dem Herzen die ganze Zeit bei dir, doch deine letzten Worte oben in Orotava haben wie eine Bremse funktioniert. Es war schwer, diese Bremse zu lösen.« Dann nahm er sie fest in den Arm und küsste sie entschlossen.

Teresa ließ es damit nicht genug sein. Sie nahm ihn an der Hand und führte ihn in ihr Schlafzimmer. Sie liebten sich heftig und scherten sich überhaupt nicht darum, dass es erst Nachmittag war. Als es draußen zu dämmern begann und sie immer noch zusammen dalagen, zwinkerte Ramón Teresa liebevoll zu und flüsterte: »Und jetzt haben wir noch die ganze Nacht für uns!«

Teresa reckte und streckte sich bühnenreif und gähnte ostentativ. »Willst du nicht auch ein wenig schlafen?«, fragte sie schelmisch. Sie konnte es einfach nicht lassen, ihm zu widersprechen, und wenn es nur mit wenigen Worten war.

»Schlafen kann ich, wenn ich tot bin«, antwortete er.

Das lockere Spiel ihrer Wadenmuskeln und die lasziven Bewegungen ihres Körpers sprachen eine deutliche

Sprache. Ohne Zögern wiederholte er seinen Eroberungsversuch und freute sich über ihre bereitwillige Kapitulation.

ENDE

REZEPT:
REBANADAS DE CARNAVAL (»Arme Ritter«)

Zutaten für vier Personen:
Zwei harte spanische Weißbrote in Scheiben,
ein halber Liter Milch,
200 g Zucker,
drei Eier,
Anis, die ungespritzte, geriebene Schale einer Zitrone,
gemahlener Zimt.

Zubereitung:
Die Milch wird zusammen mit Zucker, Anis, Zimt und der geriebenen Zitronenschale aufgekocht.
Die Brotscheiben werden zunächst in dieser gewürzten Milch gebadet und dann in die geschlagenen Eier getaucht. Die Scheiben kommen in eine Pfanne mit heißer Butter und werden goldbraun gebraten.
Auf dem Teller drapiert, werden sie mit Zucker bestreut und warm auf den Tisch gebracht.

Guten Appetit!

Personenverzeichnis:

Ana, Sekretärin von Teniente Ramón Martín
Amaya, Lola, Haushaltshilfe von Pater García Talavera
Bernard, Markus, ein deutscher Geistlicher
Cabrera, Luz, Reporterin der Tageszeitung El Día
Ferrero, Esteban, Bürgermeister von Santa Cruz de Tenerife
Flores, Antonio, TV-Moderator
Fuentes, Ismael, Lehrer
García Talavera, Alfonso, Priester und ehem. Internatslehrer
Gómez, José, Unterinspektor aus Icod de los Vinos
González, Manuel, Schriftsteller
Machado, Dr. Alonso, Psychologe
Martín, Ramón, Polizeiinspektor in Puerto de la Cruz
Mendoza, Doktor, Polizeiarzt in Santa Cruz
Molina, Carmen, zweites Mordopfer
Morales, Vicente, Polizeiinspektor
Mota, Adelina, erstes Mordopfer
Pérez, Sergio, TV-Reporter
Perrault Dominique, Abbé, französischer Geistlicher
Ramírez, Gilberto, Lehrer
Rodríguez, Carmen, Juristin
Rosario, Luis, Lehrer
Ruiz, Eusebio, Ehemann des dritten Mordopfers
Ruiz, Nazaret, erste Ehrendame und drittes Mordopfer
Sánchez, Felipe, Lehrer
Serrat, Jordi, Missbrauchsopfer, späterer Lehrer und Mörder
Silva, Hugo, Polizeiinspektor in Santa Cruz de Tenerife
Suárez, Miguel, Lehrer
Torres, Javier, Polizeichef von Puerto
Vidal, Juan, Polizeibeamter in Santa Cruz
Zafón, Dr. Teresa, Kriminalpsychologin

Lesen Sie auch:

Literatur über die Kanarischen Inseln
Romane, Krimis, Sachbücher . . . .

Das Drachenbaum-Amulett

Der Krimi-Erstling von Volker Himmelseher

Auf Teneriffa ereignen sich rätselhafte Serienmorde, vor denen auch Touristen nicht verschont bleiben. Am Tatort bleibt jedes Mal ein kleines Drachenbaum-Amulett zurück: Indiz für eine Opferweihe? Kriminalpsychologin Dr. Teresa Zafón zeichnet das Profil eines Ritualmörders, der schon bald wieder zuschlagen wird... Die Spur der Ermittler führt in den Souvenir-Großhandel.

Zech Verlag, Teneriffa 2010
ISBN 978-84-934857-8-8

Krimi

Tödliche Gier

Von Volker Himmelseher Der 2. Fall von Inspektor Martín und Dr. Zafón

Der deutsche Rentner Erwin Stein wird in seinem Haus in Santa Úrsula ermordet aufgefunden. Wer sollte ein Motiv haben, den unbescholtenen Bürger umzubringen? Der allein stehende Deutsche hatte seine Immobilie noch zu Lebzeiten dem lokalen Grundstücksbaron gegen Leibrente verkauft... Die Spur führt bald hinter die Kulissen der honorigen Gesellschaft der Bauherren, Bürgermeister und Bankdirektoren.

Zech Verlag, Teneriffa 2011
ISBN 978-84-938151-4-1

Krimi

Tod am Teide

Kanaren-Krimi von Irene Börjes

Lisa Sommer ist frischgebackene Reiseleiterin. Als sie am Flughafen von Teneriffa ihre erste Wandergruppe in Empfang nimmt, fällt ihr der Starfußballer vom Verein Real Madrid tödlich getroffen vor die Füße. Die Reisegruppe entwickelt detektivischen Ehrgeiz...

Kein leichter Job für Lisa, die sich wacker bemüht, ihren munteren Trupp durch die Landschaften Teneriffas zu führen, viele Spuren deuten auf einen Zusammenhang mit traditionellen Inselbräuchen...

Zech Verlag, Teneriffa 2006
ISBN 978-84-934857-0-2

Krimi

Tod im Barranco

Der neue Kanaren-Thriller von Harald Braem

Zech Verlag, Teneriffa 2012
ISBN 978-84-938151-5-8

Der Vulkanteufel

Kanaren-Thriller von Harald Braem

Harald Braems fantastische Geschichte spielt auf der kanarischen Insel La Palma. Unvermittelt bricht Unheimliches in das Gleichmaß des Pauschaltourismus ein und führt uns an magische Orte, zu dunklen Ritualen im Schatten mächtiger Vulkane...

Zech Verlag, Teneriffa 2010
ISBN 978-84-934857-2-6

Thriller

Sodom und Gomera

Kriminalroman
von Mani Beckmann

Als Ute nach vielen Jahren eine Postkarte von ihrer Zwillingsschwester von den Kanaren erhält, spürt sie sofort, dass sich dahinter ein verzweifelter Hilferuf verbirgt. Sie reist nach Gomera, um ihre Schwester zu suchen. Es soll eine Reise in tragische Verstrickungen und in das Reich einer gefährlichen Sekte werden...

»Launig erzählt Mani Beckmann einen Urlaubskrimi der heiteren Art. Trefflich schaut er dieser eigentümlichen Klasse von Urlaubern aufs Maul.« (Diabolo, Oldenburg)

Zech Verlag, Teneriffa 2009
ISBN 978-84-934857-7-1

Krimi

Tödlicher Abgrund

Kriminalgeschichten
von Karl Brodhäcker

»Das Thermometer kletterte in die Höhe. Tobias wischte sich den Schweiß von der Stirn. Wolkenloser blauer Himmel wölbte sich über die Berggipfel und kündete für den Süden Gran Canarias wieder einen heißen Tag an. Da näherten sich zwei Pkw mit hoher Geschwindigkeit auf der kurvenreichen, schmalen und steilen Straße von Fataga her. Tobias schüttelte den Kopf über so viel Leichtsinn. Ob da zwei Fahrer bei einer Wettfahrt ihre Kräfte messen wollten...?«

Zech Verlag, Teneriffa 2009
ISBN 978-84-934857-5-7

Krimi

Lesen Sie auch:

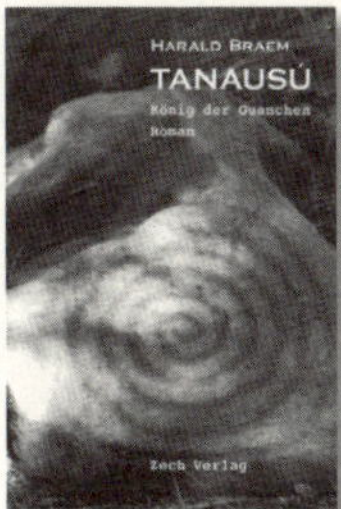

Tanausú

König der Guanchen
Roman von Harald Braem

Während Kolumbus sich aufmacht, Amerika zu entdecken, will der Spanier Alonso de Lugo La Palma erobern, die einzige Kanaren-Insel neben Teneriffa, die noch nicht den Katholischen Königen unterworfen ist. 1492 landet er mit drei Schiffen vor der Westküste La Palmas . . .

»Kompliment! So kann man den Menschen Geschichte näher bringen!« *(Offenbach Post)*

Zech Verlag, Teneriffa 2003
ISBN 978-84-933108-0-6

Historischer Roman

Der König von Taoro

Historischer Roman der Eroberung Teneriffas, von Horst Uden

Lassen Sie sich verführen zu einer Zeitreise ins 15. Jahrhundert. Sie werden Teneriffa danach mit anderen Augen sehen.

»Ein Werk, an dem niemand achtlos vorbei geht.« (Francisco. P. Montes de Oca García (+), Historiker des kanarischen Archipels)

Zech Verlag, Teneriffa 2001
ISBN 978-84-933108-4-4

Historischer Roman

Neu im Zech Verlag:

Der Kojote im Vulkan

Märchen und Mythen
Von Harald Braem

- Wie die Kanarischen Inseln ihren Namen erhielten
- Regenzauber
- Die Schlucht der Todesängste
- Die Mutter aus dem Meer
- Fuerteventura
- Die Trauminsel
- Die grausame Beatriz von Bobadilla
- Die Hexenschlucht
- Die Teufelsmauer
- Wie die Pfeifsprache entstand
- Die springenden Lanzen
- Die heilige Quelle v. Fuencaliente
- Die Drachenbäume

... und viele andere

Zech Verlag, Teneriffa 2012
ISBN 978-84-938151-6-5

Legenden · Geschichte

Unter dem Drachenbaum

Kanarische Legenden
Von Horst Uden

Um die »Glücklichen Inseln« ranken sich zahlreiche Sagen und Legenden. Horst Uden hat den kanarischen Archipel in den 1930-er Jahren besucht und Erzählungen von allen Inseln aufgezeichnet. Er schildert Märchen und Mythen, Piratenabenteuer, Liebesgeschichten, Volksweisheiten, Anekdoten.

Zech Verlag, Teneriffa 2007
ISBN 978-84-933108-2-0

Legenden · Geschichte

Auf den Spuren der Ureinwohner

Ein archäologischer Reiseführer, von Harald Braem

Spannende Entdeckungstouren auf Teneriffa, Gran Canaria, La Palma, La Gomera, El Hierro, Lanzarote, Fuerteventura. Der bekannte Buch- und Filmautor Harald Braem forscht seit 25 Jahren auf den Kanaren. Folgen Sie ihm auf den Spuren der Ureinwohner zu Kultplätzen, Höhlen, Pyramiden und zu rätselhaften Zeichen einer geheimnisvollen, versunkenen Kultur...

Museen, praktische Tipps, Literaturhinweise. Mit zahlreichen Illustrationen.

Zech Verlag, Teneriffa 2008
ISBN 978-84-934857-3-3

Sachbuch · Geschichte

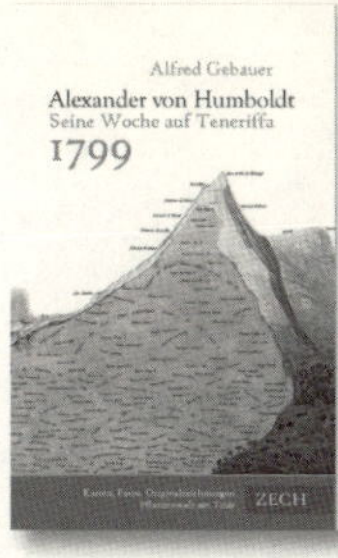

Alexander von Humboldt

Seine Woche auf Teneriffa 1799, von Alfred Gebauer

Alexander von Humboldts erste Station zu Beginn seiner fünfjährigen Forschungsreise nach Südamerika war die Insel Teneriffa. Er bestieg den Vulkan Teide und maß dessen Höhe mit außerordentlicher Genauigkeit, studierte die Insel in geologischer, botanischer, astronomischer Hinsicht und entwickelte seine Wissenschaft von der Pflanzengeographie.

Originaltexte und Zeichnungen aus Humboldts historischem Reisebericht. Zahlreiche Illustrationen und Erläuterungen zur Natur und Geschichte Teneriffas. Vorwort von Ottmar Ette

Zech Verlag, Teneriffa 2009
ISBN 978-84-934857-6-4

Sachbuch · Geschichte

Der Inseltraum

Story einer Aussteigerin, von Marga Lemmer

1967. Die deutsche Frauenbewegung steckt noch in den Kinderschuhen, als Marianne Vocke sich entschließt, nach Teneriffa auszuwandern und noch einmal von vorn anzufangen. Marianne hat den Inseltraum, der oft zum Alptraum geriet, mit allen Konsequenzen gelebt...

Die Geschichte einer Aussteigerin: ehrlich – ungeschminkt – lebensnah.

Zech Verlag, Teneriffa 2008
ISBN 978-84-934857-4-0

Frauen · Auswandern

Gefühle inklusive

Urlaubslieben und was aus ihnen wurde, von Andrea Micus

Fast jede Frau hat sich schon einmal im Urlaub verliebt, manche legen es sogar Jahr für Jahr darauf an. Und was wird nach dem Sommer aus den romantischen Gefühlen? Nicht alle Urlaubsflirts enden als Strohfeuer, einige münden durchaus in dauerhafte Beziehungen oder Ehen... Andrea Micus erzählt die Geschichten von neun Frauen, die diesen Sprung gewagt haben.

Zech Verlag, Teneriffa 2010
ISBN 978-84-938151-0-3

Frauen · Auswandern

Galerie der kanarischen Volksbräuche

Naive Malerei von Ángeles Violán

Die schönsten kanarischen Traditionen im Spiegel der naiven Malerei von Ángeles Violán. Szenen von schlichter Schönheit und glaubwürdiger Kulturinformation. Mit Texten von Rafael Arozarena (Kanarischer Literaturpreis).

Gebundene Ausgabe, farbig illustriert mit 45 Bildern

Zech Verlag, Teneriffa 2006
978-84-933108-9-9 (deutsch)
978-84-933108-6-8 (spanisch)
978-84-933108-8-2 (english)

Kunst · Brauchtum

Spanisch im Alltag

Ein praktischer Sprachführer von Luis Ramos

Mit diesem praktischen Sprachführer findet sich der Spanisch-Anfänger schnell am Urlaubsort zurecht, sei es im Taxi, an der Rezeption, am Post- oder Bankschalter, bei Freunden zu Hause und in vielen anderen Alltagssituationen.

Über 500 Redewendungen, Vokabeln und praktische Tipps. Illustriert von Karin Tauer.

Zech Verlag, Teneriffa 2007
ISBN 978-84-934857-1-9

Sachbuch · Sprachen

Zech Verlag in Spanisch

El rey de Taoro
Novela histórica de la conquista de Tenerife, de Horst Uden, Zech 2004, ISBN 978-84-933108-1-6

Tanausú, rey de los guanches
Novela de Harald Braem, Zech 2005, ISBN 978-84-933108-5-9

Bajo el drago
Leyendas y de las islas Canarias, de Horst Uden, Zech 2010
ISBN 978-84-933108-3-7

Tras las huellas de los aborígenes
Guía arqueológica de Canarias, de Harald Braem, Zech 2010
ISBN 978-84-934857-9-5

Guía naïf de costumbres canarias
De Ángeles Violán y Rafael Arozarena, Zech 2006
ISBN 978-84-933108-6-8

El salvaje gentilhombre de Tenerife
La singular historia de Pedro González y sus hijos, de Roberto Zapperi, Zech 2006
ISBN 978-84-933108-7-5

Harraga

Novela negra de Antonio Lozano

Jalid, un joven camarero del tangerino Café de París, sueña con otros mundos. Sale en su búsqueda de la mano de un amigo afincado en Granada, y su ruta se convierte en una corriente de aguas turbias contra la que le será imposible nadar. Desde las tinieblas, el relato de la bajada al abismo de un joven tangerino atrapado entre la tradición y su nueva vida, y abocado a elegir entre dos caminos, en un laberinto en que ninguno de ellos conduce al paraíso soñado.

Entre idas y vueltas, tráfico de drogas y de seres humanos, el escritor nos relata en esta novela negra sobre corrupción política el drama que se ven obligados a vivir todos los que desean salir de la extrema pobreza e ir en pos de su sueño europeo.

Zech Verlag, Teneriffa 2011
978-84-938151-2-7

Original in Spanisch

Lesen Sie auch:

Harraga

Im Netz der Menschenhändler
Politischer Kriminalroman
von Antonio Lozano

Khalid, ein junger Kellner aus der Medina von Tanger, träumt von einem besseren Leben in Europa. Über einen marokkanischen Landsmann kommt er nach Granada. Gefangen zwischen den Erwartungen seiner armen Familie und seinem neuen Leben im vermeintlichen Paradies, steht er bald in einer tödlichen Sackgasse...

Flüchtlingsdrama an der Meerenge von Gibraltar: Korruption, Menschenhandel, Mord, Verzweiflung. Antonio Lozano schildert in diesem Roman hautnah eine menschliche Tragödie, wie sie sich täglich hundertfach an den Grenzen der »Festung Europa« abspielt.

Antonio Lozano (geb. 1956 in Tanger, Marokko) schreibt politische und Kriminalromane. Lehrer und Übersetzer für die französische Sprache. Sein Erstlingsroman Harraga wurde u.a. mit dem Premio Novelpol 2003 als bester Krimi in Spanien ausgezeichnet.

Übersetzung aus dem Spanischen von Dorothee Leipoldt

Zech Verlag, Teneriffa 2011
ISBN 978-84-938151-1-0

Deutsche Erstausgabe 2011

Bestellungen:

Zech Verlag · Carretera Vieja, 40 · E-38390 Santa Úrsula
Tlf./Fax: (+34) 922-302596 · E-Mail: info@zech-verlag.com
Internet-Shop:

www.zech-verlag.com